일상생활에서 아주 작고 세밀한 부분까지

깊은 애정과 관심을 갖는 일,

마침내 그것을 예술의 경지에까지 끌어올리게 될 때

그것이 바로 행복의 비결이다.

윌리엄 모리스

글 **해리 데이비스**

글을 쓴 해리 데이비스는 10대 시절부터 타샤 튜더의 그림에 매료되어 그녀의 예술 세계를 연구하기 시작했다. 버지니아 커먼웰스 대학에서 영어와 미술사를 공부한 후, 학교에서 교편을 잡기도 했다. 『타샤의 크리스마스』, 『타샤의 돌하우스』 등 다수의 책을 펴냈다.

옮긴이 **공경희**

서울대 영문과를 졸업한 후 지금까지 번역가로 활동 중이다. 성균관대 번역 테솔 대학원의 겸임교수를 역임했고, 서울여대 영문과 대학원에서 강의했다. 시드니 셸던의 『시간의 모래밭』으로 데뷔한 후, 『메디슨 카운티의 다리』, 『모리와 함께한 화요일』, 『호밀밭의 파수꾼』, 『파이 이야기』 등을 번역했다.

The Art of Tasha Tudor

ⓒ 2000

Text Copyright by Harry Davis

Art Copyright by Corgi Cottage Industries

All rights reserved.

Korean translation ⓒ 2024 by Will Books Publishing Co.

This edition published by arrangement

with Little, Brown and Company USA, New York, New York USA.

through EYA Co., Ltd.

이 책의 한국어판 저작권은 EYA Co.,Ltd를 통한

Little, Brown and Company USA 사와의 독점 계약으로 (주)윌북에 있습니다.

타샤의 그림

타샤 튜더·해리 데이비스 지음 ◆ 공경희 옮김

The Art of
Tasha Tudor

윌북

추천의 글

결코 유행을 타지 않는 아름다움이 있다. 집을 가꾸고 정원을 가꾸는 인생, 그리고 삶 자체를 소중하게 가꾸는 노력에 깃든 그런 아름다움 말이다. 타샤 튜더의 삶을 들여다보면 유행을 타지 않는 아름다움을 발견하게 된다. 그녀의 정원과 그림, 글 속에는 인류의 공통 과제, 즉 삶을 더욱 아름답고 향기롭게 가꾸고자 하는 열망과 지혜가 가득하다.

『타샤의 그림』에서 타샤는 묵묵히 걸어온 자기만의 그림 세계를 활짝 펼쳐 보인다. 동화 삽화로 네 아이의 생계를 이어 나가면서, 널리 인정받는 작가가 되기까지 자신을 둘러싼 모든 것과 매일의 일상을 그리고 또 그려왔다는 타샤의 목소리가 가만히 들려온다. 페이지를 넘길 때마다 맑고 아름다운 그림에 매혹되는 것은 물론, 어떤 순간에도 포기해서는 안 될 삶의 지혜를 마음껏 흡수할 수 있다.

삶을 곧 예술로 만든 사람. 나는 타샤 튜더를 통해 그 누구의 통제에도 자신의 삶을 맡기지 않을 수 있는 용기와 결단력을 배운다. 타샤의 정원, 타샤의 그림, 타샤의 글쓰기 속에서 낡지 않는 희망, 빛바래지 않는 용기, 그리고 돌봄과 가꿈과 배려의 아름다움을 배운다. 토끼의 잔털과 양말의 주름 하나까지 놓치지 않는 디테일의 경이로움, 그 속에 타샤 튜더의 생을 향한 사랑이 꿈틀댄다.

—정여울, 『감수성 수업』, 『문학이 필요한 시간』 저자

타샤 튜더가 국내에 막 알려지기 시작했을 때, 어렴풋이 내가 홀로 나이 들어갈 걸 예감하고 있었다. 그때 내게는 아직 우리에게 없는 것, 그러니까 혼자서도 자신의 삶을 잘 일궈나가는 나이 든 여성들의 이야기가 필요했다. 정성껏 가꾼 정원이 그렇듯 삶도 흐를수록 점점 더 의미 있는 것이기를 바랐다.

타샤가 평생에 걸쳐 쓰고 그렸던 100여 권의 그림책 속에는 생애 절반에 가까운 시간 동안 돌본 아름다운 정원과 그 속에서 함께했던 사랑하는 존재들이 있다. 19세기를 그대로 옮겨 놓은 것 같은 일상의 풍경, 아이들과 동물들, 솜씨 좋게 만든 옷과 인형, 매일의 살림살이. 뛰어난 예술가가 되기보다 자신의 삶을 그리는 사람이 되는 것, 무엇보다 자기 삶을 완성하는 일을 타샤는 가장 중요하게 여겼다. 타샤가 만든 가장 아름다운 작품은 다름 아닌 그의 삶이었다.

바라는 모습으로 생을 살아갈 힘을 내야 할 순간에 나는 내가 좋아하는 할머니들을 떠올린다. 돌보고 가꾸는 일에 소질이 있는, 자기 자신뿐만 아니라 자신의 터전에서 나고 자란 것들을 살뜰히 돌보고 보듬는 사람들. 우리에게는 누구도 상상하지 못했던 방식으로 자기만의 인생을 충만하게 살아가는 다양한 노년의 이야기가 필요하다. 자신의 삶을 독립적으로 꾸려나갔던 놀라운 예술가, 타샤 튜더는 내게 영감을 준 수많은 이름 사이에서도 가장 아름답게 빛나고 있다.

—무루, 『이상하고 자유로운 할머니가 되고 싶어』 저자

Contents

The Art of Tasha Tudor

〈퀼트 이불 위에서 잠든 미누〉, 『타샤의 집』, 1995년 작품.

타샤는 어린 시절부터 주변 사람들과 스케치하고 채색하는 데서 큰 즐거움을 느꼈다.
나이가 들고 삶이라는 그림이 점점 풍부하고 섬세해지면서 그녀의 예술 세계 또한 다채로워졌다.

삶을 그린 화가, 타샤 튜더

타샤의 그림은 이른 봄 저녁 스러질 것 같은 아름다움을 지녔다.
《뉴욕타임스》

타샤 튜더의 예술은 그녀의 삶과 따로 떼어놓고 보기 어렵다. 오랜 세월 그 둘은 하나처럼 단단하게 이어져왔다. 타샤는 어린 시절부터 주변 사람들과 풍경을 스케치하고 채색하는 데서 큰 즐거움을 느꼈다. 나이가 들고 삶이라는 그림이 점점 풍부하고 섬세해지면서 그녀의 예술 세계 또한 다채로워졌다.

어떤 면에서 보면 그녀가 한 일은 단지 주변의 일상을 기록한 것일 따름이다. 하지만 중요한 예술적 유산은 이런 식으로 만들어지는 경우가 많다.

삽화가 데뷔 50주년(1938~1988년)을 축하하기 위해 타샤는 그간 출간된 책들의 제목들을 적고
각 책들에서 좋아하는 장면들을 모아 이 포스터를 만들었다.

타샤의 삶 자체가 훌륭한 예술 작품이기에 그녀가 세밀하게 기록한 삶의 모습이 특별하게 다가온다. 그녀는 삶이 자신에게 다가오는 대로 받아들이기를 거부했다. 강한 의지와 놀라운 상상력으로 삶을 개척하면서 자신이 원하는 모습으로 만들어나갔다. 타샤는 오랜 꿈을 현실로 이루어냈다. 섬세한 그림과 소박한 이야기가 어우러진 책들을 세상에 선보였고, 이 작품들은 수백만 독자들이 보낸 유년기의 소중한 일부가 되었다.

주로 독학으로 그림을 익힌 타샤는 잠시 보스턴 박물관 미술 학교에 다녔지만 화가로서 실력을 쌓은 것은 어린 시절부터 거의 매일 그려온 스케치북의 그림들을 통해서였다. 어린 시절의 짧은 나들이 때에도, 어른이 되어 잉글랜드에서 오랜 시간 머물렀던 1950년대에도 여행을 갈 때마다 늘 스케치북을 지니고 다녔다. 잉글랜드에 머물던 당시 스케치북에는 매주 런던의 켄싱턴 미술 학교에서 미술 수업을 받으며 그렸던 누드화가 잔뜩 그려져 있다. 타샤는 '그림들이 너무 커서 짐을 쌀 수가 없다'는 이유로 당시 작업한 큰 그림들을 다 없애버렸다.

타샤 튜더는 75여 년간 90권이 넘는 작품을 쓰거나 그렸다. 다른 작가들이 그녀의 삶을 글과 사진으로 엮어 책으로 발표하기도 했다. 자급자족하여 음식 만들기, 물레질하기, 가족들의 옷을 만들 천 짜기, 가축 돌보기, 네 자녀 키우기 등 그녀는 책에 그려진 삶 그대로를 살았다. 생활을 유지하기 위해 강연을 하고 마리오네트 인형극으로 순회공연을 하기도 했다. 그녀의 취미 중 하나인 고전 의상 수집은 세계 최고의 1830년대 의상 컬렉션이 되기

어릴 적부터 패션에 관심이 많았던 타샤는 특히 1830년대 의상에서 많은 영감을 받았다.
그녀는 10대 시절부터 1830년대 의상을 수집하기 시작했다. 특별한 날에는 앤티크 의상을
입었고, 그 시절의 의상을 본떠 직접 일상복을 디자인해서 만들어 입기도 했다.
타샤의 컬렉션은 세계 최고 수준이 되었고, 그녀는 이것을 패션 디자인뿐 아니라 삽화를
그릴 때도 반영했다. 드레스들은 피에르 되에서 판매하기 위해 디자인한 작품들이다.

도 했다. 또 그녀의 자랑거리인 코기 코티지의 정원은 미국에서 가장 근사한 정원으로 꼽혔다.

타샤는 그녀의 그림이 담긴 책들만으로도 시대를 초월해 가장 성공한 삽화가로 꼽히지만 다른 분야의 작품들도 그만큼이나 훌륭한 결과를 내놓았다. 타샤는 수많은 책을 발표하면서도 400종이 넘는 크리스마스 카드 또한 그렸다. 의뢰받은 초상화를 그리고, 제품 포장 수수료를 받았고, 피에르 되(프랑스풍의 가구, 패브릭, 소품 등을 파는 미국의 회사—옮긴이)에서 판매하기 위한 디자인도 했다. 그녀가 이룬 성과는 실로 대단하다.

타샤는 여성으로서 그리고 예술가로서 놀라운 매력을 지닌 인물이다. 그녀의 책은 수백만 부나 팔렸다. 그녀가 삽화를 그린 『비밀의 화원』만 해도 300만 부 이상 판매되었다. 타샤는 많은 독자들에게 전통을 일깨워주었고 전 세계에 걸쳐 열성 독자들이 생겨나기도 했다. 한번은 한집 안에서 무려 5대에 걸친 가족 팬이 있어서 화제가 되기도 했다. 타샤는 화가로서 대중에게 이름을 알렸을 뿐만 아니라 최근에는 라이프스타일 아이콘으로 자리매김했다. 한 평론가는 타샤를 한층 재미나고 정확히 묘사했다.

"그녀는 휘슬러 어머니(화가인 제임스 휘슬러가 자신의 어머니를 그린 〈어머니〉라는 작품을 빗대어 이야기하는 것임—옮긴이)의 고전적인 패션 감각과 마사 스튜어트의 대단한 사업 능력을 갖추고 있다."

이런 감탄의 핵심에는 그녀가 지닌 천재성과 함께 괴짜 같은 면도 자리 잡고 있다. 그녀는 더딘 것으로 유명하다. 의뢰받은 작품을 만들 때면 시간

〈눈 속의 로라〉, 1995년 작품.
타샤의 가장 유명한 작품으로 손꼽히며 펜과 잉크로 그렸다.

을 두고 마음에 들 때까지 작업한다. 그녀의 표현대로라면 그녀는 까탈스럽고 고집불통에 오만하고, 깐깐한 사람일 수도 있다. 타샤는 종종 마크 트웨인의 말을 인용해 자신을 묘사하기도 한다.

"누구나 달과 같아서 아무에게도 보여주지 않는 어두운 면을 갖고 있지요."

나도 타샤 튜더의 고집스런 면을 본 적이 있고, 가끔 그것을 보는 게 겁난다. 하지만 10년 넘게 마음을 터놓는 친구로 지내면서 그녀의 괴짜 같은 면 때문에 그녀를 향한 인간적인 존경심이 줄어들지는 않았다. 세상에 멋진 유산을 안겨준 그녀의 작품들에 대해서도 마찬가지다.

30년 넘게 타샤의 예술을 공부하는 데 푹 빠져 지냈다. 그녀의 책으로 글을 배웠고, 아주 어렸을 때부터 그녀의 작품들을 탐구하기 시작했다. 나는 타샤의 작품에 대한 스스로의 집착을 당연한 것으로 받아들였고, 조용히 그리고 꾸준하게 매달렸기에 부모님도 크게 문제 삼지는 않으셨다.

10대가 되었을 때 타샤의 그림에 대한 연구는 이미 내 삶의 중요한 일부가 되어 있었다. 말하자면 일생 동안 해야 할 '나의 일'이 될 거였다. 언젠가는 그 일이 나의 진짜 직업이 되리라는 사실을 이미 알고 있었다. 타샤를 개인적으로도 알게 되고 언젠가는 같이 작업하리라는 굳은 믿음이 있었다. 그런 기회가 오기를 손꼽아 기다렸고, 끊임없이 타샤의 예술을 연구하면서 어른이 되었다.

나는 노스캐롤라이나주의 더럼에서 열릴 크리스마스를 주제로 한 그림과 공예품 전시회를 홍보하면서 관람객들의 눈길을 끌 만한 특별한 기획을 해야 할 필요를 느꼈다. 나는 타샤에게 편지를 보내, 전시회에 와서 강연을 해줄 수 있는지 물었다. 그녀는 당장 그러겠다 답했고, 우리는 거의 일 년에 걸쳐 세부 사항을 의논하기 위해 편지를 주고받았다. 강연회가 가까워지자 타샤는 자신에게 전화를 해달라고 청했다. 타샤로부터 '우리가 대화를 할 때가 되었군요'라는 편지가 온 것이다.

나는 약속된 시간에 전화를 걸면서, 내 삶의 일부가 변하리란 것을 직감했다. 마침내 운명의 시간이 다가왔다. 타샤가 어디서 통화를 하는지 묻자, 나는 부엌에 있다고 대답했다. "부엌을 자세히 묘사해줄래요?"라고 그녀가 부드러운 목소리로 말했다. 내가 부엌의 분위기를 상세히 설명하자, 타샤는 잠시 말이 없다가 입을 열었다.

"내 부엌 그대로를 말하는군요."

우리는 그렇게 친구가 되었다. 함께 여행할 때면 우리는 같은 골동품들을 두고 신나게 경쟁을 벌였다. 물론 둘 다 조금도 봐주지 않았다.

〈중국풍 도자기에 담긴 팬지〉, 1995년 작품.

〈수확한 식품 저장고〉, 1996년 작품.
타샤의 풍성한 식품 창고를 그대로 보여준다. 배경으로 그녀가 좋아하는
주방 기구들이 보인다. 타샤의 자녀들(세스, 탐, 베서니)은 수십 년간 그랬듯이
이 그림의 훌륭한 모델이 되었다.

전람회 몇 주일 후, 타샤의 친구들과 나는 타샤와 함께 크리스마스를 보내기 위해 그녀의 집을 찾았다. 타샤 튜더와 크리스마스를 보내다니! 마법이 현실이 되는 순간이었다. 그 후로도 나는 꾸준히 그녀의 집을 찾아갔고, 우리의 우정은 마치 오래전부터 알던 사람들처럼 느긋한 분위기를 풍기며 깊어갔다. 우리는 공통 관심사가 많았다. 골동품, 그림, 문학까지. 게다가 유머 감각도 비슷했다. 타샤가 다른 사람에게 나에 관해 말하는 것을 들은 적이 있다.

"해리와 나는 같은 천으로 재단한 사람들이죠. 그 사람은 아주 짓궂어요. 나도 마찬가지죠."

점차 타샤는 내게 여러 가지 중요한 일을 맡기기 시작했다. 나는 계약서들을 검토하고 여러 외부 제안에 대해 의견을 내놓으면서, 그녀와 세상 사이에서 다리 같은 역할을 했다. 타샤가 내슈빌이나 뉴욕 같은 큰 도시에서 대중 앞에 나설 때마다 가능하면 그녀와 함께했다.

한번은 뉴욕에서 잡지《빅토리아》의 후원으로 대중과의 만남이 예정되어 있었다. 타샤와 나는 블루밍데일 백화점에서 열린 행사에 모인 인파들을 보고 깜짝 놀랐다. 홍보팀은 타샤의 강연에 500명이 참석할 수 있게 준비를 했지만 소식을 들은 많은 사람들이 빠짐없이 모여든 것이다. 행사 전에 주최 측은 우리에게 "500명의 팬이 모일 공간이면 충분하고도 남습니다. 누구도 그 이상 불러모은 적이 없거든요"라고 우리를 안심시켰다. 하지만 그들은 타샤의 매력을 너무 과소평가했다. 무려 3000명이 모였고, 우리는 딜레마에

〈눈밭의 어린이들〉, 1970년 작품.
크리스마스 카드에 그린 그림으로 타샤의 삽화에서 흔히 볼 수 있는 이미지 중 하나다.
타샤가 자녀들과 손자 손녀들을 그들의 실제 나이와 상관없이 모델로 삼았다는걸 보여준다.
큰아들 세스가 앞장서고, 이어 작은아들 탐, 손녀 로라, 로라의 엄마인 베서니(여기서는 딸과
크게 나이 차이가 나지 않은 모습으로 묘사되었다), 베서니의 등에 업힌 어린 에프너까지.
타샤는 여러 세대를 자유롭게 섞어서 그녀가 기억하는 가족의 가장 멋진 순간을 그린다.

『타샤의 집』에 삽화로 나온 〈오헤어 가족〉.
타샤가 만든 짧은 털실 인형 토끼 가족(울시, 레티샤, 토키)의 그림은
그녀의 인형 만드는 솜씨와 그림 솜씨를 모두 보여주는 작품이다.

빠졌다. 타샤는 전국에서 자신을 보러 몰려온 2500명을 돌려보내는 데 반대했다. 30개 주에서 온 엄청난 인파가 백화점을 꽉 메웠다. 타샤는 강연 시간을 단축해서 연속으로 여섯 차례 열겠다고 제의했다. 최선의 방법이었지만 타샤에게는 고된 일이었다. 마지막 여섯 번째 강연 때는 기진맥진한 상태였다. 강연이 끝나자 우리는 경비들의 보호를 받으며 어렵게 빠져나왔다. 나는 그때 그녀가 세상과 소통할 수 있도록 도와주고, 보호해줄 누군가가 필요하다고 생각했다. 그리고 타샤는 그 일을 내게 부탁했다.

내 친구인 탐 쿤과 나는 타샤의 작품들을 대중에게 알리고 싶었기에 그녀의 그림들을 인쇄하여 보급하기 시작했다. 타샤의 독특한 화풍에 반한 사람들의 반응은 생각보다 훨씬 뜨거웠다.

이후 여러 해 동안 타샤는 네 권의 책을 출간했고, 절판된 책들 중 열 권이 넘는 책이 재출간되었다. 또한 10여 개의 나라에서 그녀의 책들이 번역되어 출간되기도 했다. 이제 그녀의 작품 세계와 라이프스타일은 전 세계 독자들에게 '타샤 튜더 스타일'이라는 하나의 브랜드로 자리 잡았다.

우리가 거둔 최고의 성과는 버지니아주 윌리엄스버그에 있는 애비 앨드리치 록펠러 포크 아트 센터에서 1996~1997년에 열린 역사적인 전시회였다. 그곳에서 열린 전시회 중 '기쁨을 누리길! 타샤 튜더의 세계'는 가장 인기 있는 행사로 기억되고 있다. 팸플릿에는 "60년간 그림책을 채운 타샤 튜더의 작품, 이제 박물관을 채우다"라는 문구가 있었다.

〈빨래를 너는 B 여사〉, 1989년 작품.
코기빌(타샤 튜더의 그림동화책『코기빌 마을 축제』에서 배경이 되는 마을—옮긴이)을
연상시키는 이 연필 스케치는『타샤 튜더의 스케치북*Tasha Tudor's Sketchbook*』의
뒤표지 그림으로 실린 작품이다.

　　전시회는 금세기 최고의 삽화가에게 사랑과 존경을 보내는 뜻깊은 자리였다. 전시회의 규모와 훌륭한 작품 진열에 타샤 자신도 깊은 인상을 받았다. 그녀는 자신의 업적에 대해 여전히 확신하지 못했지만, 성공적인 삶이었다고 느꼈다. 타샤는 어머니, 아버지, 오빠가 참석해서 자신의 작품을 많은 사람이 감탄하며 관람하는 광경을 봤다면 좋았을 거라고 몇 차례나 말했다.

　　"가족들은 내 작품들이 이렇게 될 줄 상상도 못했을걸요."

세계적으로 유명한 '칼데콧 상'과 아동문학 부문 '리자이너 메달' 수상자가 자신을 성공했다고 생각지 않는다는 사실을 알았을 땐 매우 당황스러웠다. 하지만 그녀가 비로소 행복을 느끼고 오랫동안 지고 있던 무거운 짐을 벗고, 삶과 화해하는 것을 보는 일은 크나큰 보상이었다. 타샤는 순리라는 듯 그녀만의 독특한 말투로 "내 인생 전체는 휴가였어요"라고 말하곤 한다. 하지만 사실 타샤의 삶은 엄청난 노력과 부단한 작업의 연속이었다. 물론 그녀는 그 일에서 어마어마한 기쁨을 찾았다. 한번은 타샤에게 지금까지의 삶을 최대한 간단하게 말해보라고 했더니 "고단했지만 즐거웠어요"라고 말했다. 윌리엄스버그 전시회는 그녀의 예술과 인생 둘 다에 정당성을 부여해주었다.

처음부터 우리가 함께할 수 있는 시간이 제한되어 있다는 걸 알았고, 내 인생 최대의 흥미로운 경험이 되리라는 것도 알았다. 어릴 때부터 꿈꿔온 일이었다. 오랫동안 계속될 것이고, 나중에 일이 끝난다고 해도 후회하지 않을 자신이 있었다.

타샤와 함께 일하는 것은 평생 바라던 마법이 현실에서 이루어진 것 같았다. 그녀의 작품처럼 매 순간 별세계에 들어선 것 같았다. 타샤 튜더의 예술은 뛰어난 삶을 산 뛰어난 화가가 빚어낸 특별한 작품이다. 그리고 우리모두는 그녀의 예술적인 삶 속에서 나온 소중한 것들을 누린 행복한 사람들이다.

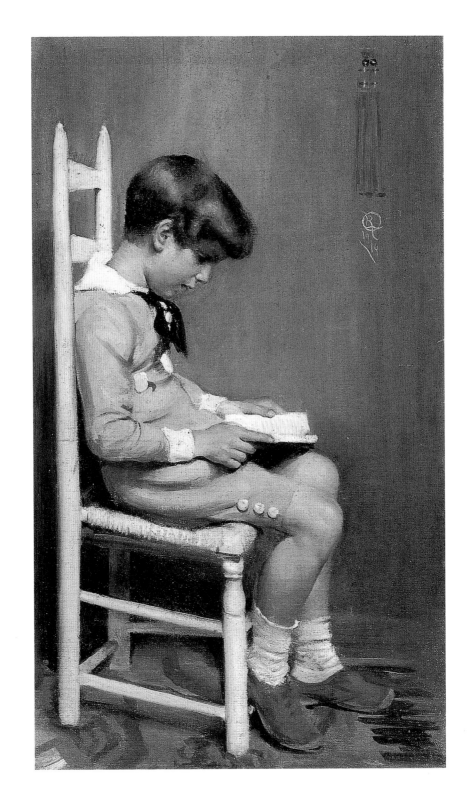

〈독서하는 프레더릭〉, 1914년 작품.
타샤의 어머니 로자몬드 튜더가 그린 이 그림의 주인공은 타샤의 오빠 프레더릭 튜더이다.
로자몬드 튜더가 가진 초상화 화가로서의 솜씨를 잘 보여주는 예이기도 하다.

가족

타샤 튜더는 보스턴 사교계에서 수 세대에 걸쳐 부유하고 영향력을 지닌 가문 출신의 부모에게서 태어났다. 어머니인 로자몬드 튜더는 '얼음 왕'으로 유명한 프레더릭 튜더의 손녀였다. 프레더릭 튜더는 인도와 페르시아를 포함한 먼 지역에 뉴잉글랜드의 얼음을 배로 수송해서 어마어마한 재산을 모았다.

여러 대에 걸쳐 연을 맺어온 튜더 집안의 친구들은 당시 사교계에서 지대한 영향력을 지닌 이들이었다. 거기에는 랠프 월도 에머슨(초월주의 운동을 추진한 사상가이자 철학적인 시로 유명한 미국의 시인—옮긴이), 헨리 데이비드 소로, 루이자 메이 올콧, 마크 트웨인, 올리버 웬델 홈즈 주니어(1902~1932년 미국 대법원에서 판사를 지냄. 그가 남긴 말들은 미국 대법원 재판에서 가장 널리 인용되는 것으로 유명하다—옮긴이), 알렉산더 그레이엄 벨(과학자이자 발명가로 전화기를 발명함—옮긴이), 알베르트 아인슈타인, 벅민스터 풀러(미국의 건축가, 작가, 디자이너, 발명가, 시인—옮긴이)도 포함되어 있었다. 프레더릭 튜더는 소로의 『월든』에 언급되었고, 루이자 메이 올콧이 『작은 아씨들』을 쓸 때 에이미에게 구애하는 인물을 만드는 데 영감을 주었다.

튜더 가문은 수 세기 동안 대단한 인물들과 관계를 맺었다. 타샤의 고조부인 윌리엄 튜더 대령은 조지 워싱턴 대통령의 친구이자 보좌관이었다. 그는 워싱턴 대통령, 라파예트(프랑스의 정치가, 혁명가, 군인으로 미국독립전쟁 당시 워싱턴을 도와 독립군에 참가하여 영웅으로 칭송됨—옮긴이)와 함께 미국에서 가장 오래된 친목 단체인 '소사이어티 오브 신시네티*Society of the Cincinnati*'의 설립을 도왔다. 그는 존 애덤스(2대 미국 대통령—옮긴이) 밑에서 법을 공부했고, 미국 초대 육군 법무관으로 근무했다.

성공한 초상화 화가이자 자신의 삶을 사랑한 페미니스트였던 로자몬드 튜더는 타샤의 아버지인 윌리엄 스탈링 버기스와 짝이 맞는 배필이었다. 저명하고 부유한 뉴잉글랜드 가문의 후손인 버기스 일가는 후대로 갈수록 가세가 기울었지만, 가문의 이름만은 남아 있었다.

조선 기사인 버기스는 아메리카 컵 선수권 대회를 제패한 요트를 세 척

타샤의 어머니, 로자몬드 튜더.

타샤의 아버지, 윌리엄 스탈링 버기스.

이나 설계했다. 그는 초기 항공기 산업에서 중요한 역할을 했으며, 벅민스터 풀러와 함께 '다이맥시온 자동차(발명가 벅민스터 풀러는 자신의 발명품마다 '다이맥시온'이라는 브랜드를 붙였다—옮긴이)'를 만들었다.

버기스는 요트 디자인을 직업으로 삼았지만, 시인으로서도 특별한 재능을 보였다. 유일하게 출판된 시집 『영원한 웃음과 다른 시들*The Eternal Laughter and Other Poems*』은 대중에게는 인기가 없었지만, 당시 시인들 사이에서는 꽤 좋은 반응을 얻었다.

로자몬드 튜더와 스탈링 버기스의 외도는 보스턴 사교계를 뒤흔든 스캔들이었다. 로자몬드 튜더의 전 남편인 알렉스 히긴슨은 부유하고 사교계에서도 알아주는 유명한 인물일 뿐만 아니라 스탈링의 어릴 적 친구였기 때문이다.

그러나 스탈링과 로자몬드는 같이 지내기로 결심했고, 그러기 위해서 기꺼이 소문과 비난을 감수하려 했다. 막 20세기에 접어든 당시, 이혼은 복잡하고 환영받지 못하는 일이었지만 그들은 참아냈고 결국 결혼할 수 있었다. 캘빈 쿨리지(30대 미국 대통령—옮긴이)가 이혼 과정에서 로자몬드를 변호했던 사실을 보면, 튜더 집안의 인맥이 얼마나 넓은지 알 수 있다. 마침내 1904년, 모든 역경을 이겨낸 그들은 결혼식을 올렸다.

두 사람 사이에는 두 아들, 에드워드와 프레더릭이 있었지만 익사 사고로 에드워드를 잃었다. 정박한 스탈링의 배 갑판에서 돌봐주는 사람 없이 혼자 있던 에드워드가 배 바깥으로 떨어졌던 것이다.

그러나 둘 사이에는 1915년 8월 28일, 나타샤 스탈링 버기스라고 이름 지어지지만 훗날 타샤 튜더로 자라게 되는 아이가 태어났다. 타샤는 이를 두고 이렇게 말했다.

"에드워드가 죽지 않았다면 나는 태어나지 않았을 거예요. 주치의들이 어머니에게 더 이상 아이를 낳지 말라고 경고했거든요."

타샤는 자신의 탄생이 아이를 더 갖고 싶은 부모의 바람 때문이 아니라 세상을 떠난 오빠의 자리를 메우려는 것임을 예민하게 느끼며 자라났다.

아버지는 톨스토이의 작품 『전쟁과 평화』의 여주인공인 나타샤를 몹시 좋아해서 갓난 딸에게 '나타샤'라고 이름을 지어주었다. 사람들은 곧 나타샤를 줄여 '타샤'라고 불렀다.

아홉 살 때 부모가 이혼하자 타샤는 그녀의 집안과 오랜 친분 관계가 있는 집으로 보내졌다. 타샤는 코네티컷에서 그웬 아줌마와 마이클 아저씨와 살게 되었다. 그웬 미켈슨은 너대니엘 호손(『큰 바위 얼굴』, 『주홍글씨』의 작가—옮긴이)의 손녀였고, 그녀와 남편 마이클은 창의적이고 자유로운 삶을 살았다. 타샤는 코네티컷에서 지낸 즐거웠던 추억들을 들려주며 만족스럽게 말하곤 했다.

"난 완전히 즐거운 죄악 속에서 길러졌어요."

타샤는 종종 그리니치 빌리지에 있는 어머니의 스튜디오를 방문하거나 버뮤다에서 함께 겨울을 나기도 했다. 타샤는 언제나 하고 싶은 일은 뭐든 할 수 있었다. 뉴욕의 어머니 친구들과 교류할 때는 언제나 '로자몬드 튜더의 딸, 타샤'로 소개되었다. 그래서 누구나 그녀의 이름을 타샤 튜더라고 짐작했다.

타샤는 그 발음이 마음에 들어서 성을 '버기스'로 쓰지 않았다. 하지만 성을 법적으로 바꾼 것은 몇십 년 후였다. 여권이 필요해지자, 늘 익숙하게 써온 이름을 기재하고 싶었던 것이다.

타샤는 몇 년간 기숙학교에서 살았지만, 창의력을 키우는 데 가장 큰 영향을 미친 것은 미켈슨 집안이었다. 비콘 힐의 할머니 집을 종종 방문하면서 타샤는 보스턴에서 인연을 맺었던 사람들과도 지속적인 관계를 이어나갔다. 미켈슨 가족은 함께 연극 대본을 쓰고 연출했고, 이 공연에는 가족과 친지들이 출연했다.

집안의 어린이들은 글쓰기와 연기를 비롯해, 관심 있는 창의적인 활동이라면 무엇이든 마음껏 할 수 있었다. 한동안 타샤는 댄서가 될까 고민했고, 다들 그녀가 촉망받는 댄서가 될 거라고 생각했다.

부모에게 버림받았다는 사실을 긍정적으로 받아들이기 위해 타샤는 어머니와 아버지를 자신이 원하는 모습으로 상상하고 믿었다. 그녀는 아버지를 '참새과에 속하는 파라다이스의 새'로 묘사했고, 그가 이룬 일들을 자랑스러워했다.

타샤는 공상가였던 아버지의 이야기를 좋아했고, 그로 인해 공상을 좋아하고 사후 세계를 믿게 되었을 것이다. 타샤는 천국에서는 무엇이든 원하는 대로 이루어진다고 믿으며, 타샤는 전생에 자신이 그 시대에 살았다고 믿는 1830년대의 삶으로 되돌아가기를 간절히 바란다.

"아버지는 평생 성벽이 둘러싸고 있는 아름다운 중세도시를 꿈꾸셨죠. 꿈속에서 그곳에 가까이 다가갔지만 들어가지는 못했어요. 늘 성문들이 잠겨 있었거든요. 아버지는 고풍스러운 탑과 난간들을 보고 성 안이 너무나 아름답다는 것을 알았지요. 간절히 들어가고 싶어했지만 결국엔 그러지 못했어요…. 어느 날 아침 아버지는 신문을 읽다가 조용히 고개를 들더니 '어젯밤에 또 그 꿈을 꾸었는데 드디어 성에 들어가는 열쇠를 찾았어'라고 말씀하셨다고 해요. 아버지는 그 말을 마지막으로 남기고 돌아가셨어요. 아버지는 틀림없이 그 도시에 들어가셨을 거예요. 새로운 곳에 발을 내딛는 정말 멋진 방법이죠!"

타샤는 예술가로서의 영감을 어머니에게 받았다고 믿는다. "오빠 프레더릭과 나는 큰 욕조에서 같이 목욕을 하곤 했어요. 우리가 목욕을 할 때면 어머니는 곁에서 붓을 빨곤 하셨죠. 물감이 많이 묻은 붓을 꼭 남겨두었다가, 오빠와 내 배에 얼굴을 그려주셨어요. 우리가 배를 쑥 내밀거나 힘을 줘서 배를 집어 넣으면 얼굴 표정이 바뀌었지요. 정말 재미있었어요. 바로 그때, 그 자리에서 난 화가가 되기로 결심했어요. 바라는 것이 쉽게 손에 들어올 때처럼 너무나 자연스럽게 화가가 되었어요. 좋은 직업이라고 생각해요."

어머니 로자몬드 튜더가 그린 어린 시절의 타샤 튜더.

타샤는 어릴 때 이미 삽화가가 되기로 결심했고, 화가로 성장하는 과정에서 어머니에게 지대한 영향을 받은 것은 물론이다. 타샤는 로자몬드의 스튜디오에 머물 때면 초상화의 모델이 되어 포즈를 취하고 앉아 있는 사람들에게 책을 읽어주곤 했다. 그러면서 어머니의 그림 기법과 스타일을 가까이서 지켜보았다.

로자몬드 튜더는 재능과 인맥을 고루 갖추었기에 사교계에서 가장 주목받는 초상화 화가가 될 수도 있었다. 다만 그렇게 되고자 하는 야망이 크지 않았다. 로자몬드는 타샤를 직접 가르치진 않았지만, 타샤에게 선생님이었다.

타샤는 어머니의 모든 것을 관찰하고 그대로 적용했다. 출판은 되지 않았지만 10대 초반부터 몇 권의 글을 쓰고 삽화도 그렸다. 후기 작품들에 비해서는 소박하지만, 이 작품들을 통해 독특한 화법을 발전시킬 수 있었다.

같은 시기에 타샤는 장차 영위하고 싶은 라이프스타일의 기초를 다진다. 그녀는 두 이모에게 초대를 받아 어머니와 함께 몇 번의 겨울을 보냈던 버뮤다에서 유아원을 시작한다.

타샤는 이때 이미 농장을 꾸려서 자급자족하고 싶은 바람을 가지고 있었다. 그녀는 젖소를 사려고 유아원에서 번 돈을 모았다. 삼촌 리코 튜더가 그녀에게 젖소 한 마리를 선물하자, 타샤는 자신이 꿈꾸는 미래를 위해 모아둔 돈은 따로 간수했다.

타샤는 10대 후반에 고모인 에디스 버기스로부터 가구와 대물림된 가재도구를 상속받았다. 그녀에게 남겨진 가장 소중한 유산은 잘 갖추어진 부엌 살림살이였다. 상속받은 상당액의 돈은 타샤에게 이미 아무런 소용이 없었다. 어머니 로자몬드가 돈을 모두 빌려서 갚지 않았기 때문이다. 50년 후 타샤는 미소 지으며 말했다.

"물론 어머니가 돈을 갚지 않으리란 것을 알고 있었어요. 하지만 솔직히 난 부엌 살림에 더 마음이 쓰였답니다. 어머니가 살림살이에는 영 관심이 없어서 마음이 놓였고 운이 좋다고 생각했어요. 그 가재도구들은 지금도 부엌에서 제 역할을 하고 있지요."

타샤의 '캘리코 시리즈'인 『호박 달빛』, 『거위 알렉산더Alexander the Gander』, 『시골 시장The County Fair』,
『도커스 포커스Dorcas Porkus』, 『린지 울시Linsey Woolsey』는 출판되기까지 타샤가 보여준 끈기뿐만 아니라
향수를 자아내는 특유의 글과 그림으로 유명하다.

인내의 열매

타샤의 첫 책인 『호박 달빛』은 그녀의 엄청난 노력과 끈기가 없었다면 세상에 나오지 못했을 것이다. 원래는 출판할 의도로 만든 책이 아니었다. 베아트릭스 포터가 병석에 누워 있던 다섯 살배기 소년 노엘 무어를 위로하기 위해 편지를 쓰면서 『피터 래빗 이야기』를 만들어낸 것처럼, 『호박 달빛』도 애초에는 어린 조카에게 줄 크리스마스 선물에 불과했다. 타샤의 남편 토머스 맥크리디 주니어의 조카인 실비 앤 역시 다섯 살이었고, 영국에서 미국에 있는 삼촌네 집에 오기로 되어 있었다. 타샤는 특별한 선물로 조카를 환영해

주고 싶었다. 아동문학에서 가장 돋보이는 작업은 아이의 크리스마스 선물을 만들겠다는 결정에서 시작되었다. 덕분에 실비 앤은 다섯 권의 유명한 캘리코(올이 촘촘하고 색깔이 흰 무명베. 시트나 옷 따위를 만드는 재료로 쓴다—옮긴이) 시리즈의 주인공이 되었다.

타샤는 완성된 『호박 달빛』의 그림이 몹시 마음에 들었다. 25년 전에 포터가 노엘에게 편지를 다시 빌려 『피터 래빗 이야기』가 책으로 만들어질 수 있었듯이 타샤도 실비 앤에게 선물한 책을 다시 빌렸다. 그리고 이 책을 들고 출판사들을 찾아다녔다. 타샤는 당시 뉴욕의 거의 모든 출판사에 발품을 팔았다고 회상하곤 했다. 출판사들은 한결같이 퇴짜를 놓았다. 하지만 타샤는 끈기 있게 밀고 나갔다. 이 끈기는 그녀가 삽화가로서 첫발을 내딛는 데 든든한 밑거름이 되었다.

"출판사들은 내가 어떤 모양의 책을 만들고 싶은지, 이 책이 아이들의 손에서 어떤 느낌으로 읽히게 될지 구체적으로 생각하지를 못하더군요. 그래서 내가 직접 보여줘야 했지요."

캘리코에 그린 그림들을 낱장으로 가지고 다니던 타샤는 그림들을 책처럼 꿰매어 엮고, 파란색 물방울무늬 캘리코로 표지를 씌워서, 모든 출판사를 다시 찾아가겠노라 다짐했다. 하지만 그럴 필요는 없었다. 타샤는 운명적으로 다시 방문할 첫 출판사로 옥스퍼드대학 출판부를 택했다. 당시 옥스퍼드에는 유니스 블레이크가 새 편집자로 부임했고, 그녀는 타샤와 만났다. 곧 두 사람은 서로를 좋아하게 되었다. 더 중요한 것은 『호박 달빛』이 블레이크

『호박 달빛』, 1938년 작품

의 마음에 들었다는 점이다. 그녀는 그 자리에서 이 작품의 출판 의사를 밝혔고 엄청나게 성공적인 관계가 시작되었다. 옥스퍼드 출판사는 16년간 타샤의 책 스물한 권을 독점출판했다. 타샤의 칼데콧 상 수상작인 『머더 구스 *Mother Goose*』와 『1은 하나』가 옥스퍼드에서 출판되었고, 대중들의 마음속에 길이 남아 있는 그녀의 책들 대부분이 이 시기에 쓰이고 그려졌다. 그녀가 글과 그림을 함께 작업한 스물세 권 중 열네 권이 이 시기에 탄생했다. 타샤의 창작욕이 활발한 시기였고, 작가로서 그리고 삽화가로서 앞날에 단단한 주춧돌을 놓은 때였다.

『안데르센 동화집』의 삽화를 제외하고 이 시기의 그림들은 훗날 타샤가 확립한 독특한 화풍의 기초가 되었다. 『안데르센 동화집』에 담긴 그림들은 타샤가 어릴 때 좋아한 영국 삽화가들인 에드먼드 듈락(유명한 프랑스 삽화가—옮긴이), 아서 래크햄(유명한 영국 삽화가—옮긴이), W. 히스 로빈슨(유명한 영국의 만화가이자 삽화가—옮긴이)의 화풍에서 영향을 받았다. 타샤는 고전 작품을 그릴 때마다 이런 화풍을 되살렸다. 그 그림들은 '철저히 뉴잉글랜드적'이라 평가되는 타샤의 화풍과는 다른 느낌이다. 하지만 타샤는 『안데르센 동화집』의 삽화 같은 고전적인 화풍의 그림들을 내켜하지 않았다. 자신이 어릴 때 좋아한 삽화가들의 화풍을 모방한 것 같은 기분이 들었기 때문이다. 큰

"저녁이 되자 나머지들이 돌아왔다."
『안데르센 동화집』, 1945년 작품.

규모의 어린이책 삽화 전시회에 '공주와 완두콩'의 채색화가 선택되자, 타샤
는 내게 '그 그림의 전시를 중단시키라'고 말했다. 큐레이터들에게 대신 어
떤 작품이라도 전시하게 해주겠다고 제안했지만, 그들은 자신들의 결정을
굳건히 밀고 나갔다. 결국 1996년에 열린 '신화, 마법, 미스터리, 미국 어린
이 책 그림의 100년'이라는 전람회에 『코기빌 마을 축제』 중 〈큰 천막이 있
었네〉, 『타샤의 특별한 날』 중 〈10월〉 그림과 더불어 〈공주와 완두콩〉이 전
시되었다. 이 순회 전시회는 버지니아주 뉴포크의 크라이슬러 박물관에서
시작해서 멤피스 브룩스 박물관과 델라웨어 미술 박물관에서 열렸다. 그해
7월 전시회를 준비하러 윌리엄스버그에 갔을 때, 타샤와 나는 크라이슬러
박물관에 가보았다. 그녀는 전시회를 흡족해했고 출품작으로 선정된 것을
자랑스러워했다. 하지만 '공주와 완두콩' 앞을 지날 때 타샤는 이내 고개를
돌리고 말았다.

"그릴 때도 영 마음에 들지 않더니 지금도 마음에 차지를 않네."

나는 넌지시 이유를 물었고 힘겹게 살았던 당시 기억이 그 이유의 일부
분을 차지한다고 타샤는 고백했다. 남편 토머스 맥크리디는 타샤가 결정한
라이프스타일에 마지못해 함께했고, 네 아이를 키우고 책을 만들어 생활비
를 버는 일까지 모두 그녀가 감당하기를 바랐다. 타샤에게는 힘겨운 나날들
이었다. 그녀는 그림을 그릴 때 자녀들이 '말할 수 없이 개구쟁이 짓'을 했다
고 기억한다.

하지만 자녀들은 타샤에게 끝없는 소재의 원천이자 모델이 되었다. 타

샤는 흡족한 미소를 띠며 그때를 회고한다.

"베서니는 정말 예뻐서 그림을 그릴 때마다 너무 행복했어요. 에프너도 굉장했답니다…. 내가 동화를 그릴 때면 언제나 공주 역할의 모델은 에프너일 정도였으니까요. 세스는 포즈를 잡는 데 능숙했어요. 아주 어릴 때도 몇 시간씩 가만히 앉아 있곤 했지요. 탐은 모델로는 훌륭했지만 말썽쟁이였죠. 탐이 사고를 치지 못하게 계속 쫓아다녀야 했어요."

타샤의 최고 작품으로 꼽히는 1944년 작 『머더 구스』에는 아기자기한 그림들이 가득하다. 어린이들과 동물들 간의 재미있는 이야기와 어린이들의 순수함이 잘 드러나는 작품이다. 타샤의 이후 작품들에서도 생생하게 묘사되는 이러한 특징은 이 작품에서 최고의 솜씨로 발휘되었다. 뛰어난 수채화들과 함께 연필 드로잉들도 눈에 띄는 『머더 구스』의 삽화들은 고전이 되었으며 역대 최고의 삽화 작품으로 남아 있다. 타샤는 이 책으로 생애 첫 칼데콧 상을 받았다.

『거위 알렉산더*Alexander the Gander*』, 1939년 작품.

『시골 시장*The County Fair*』, 1940년 작품.

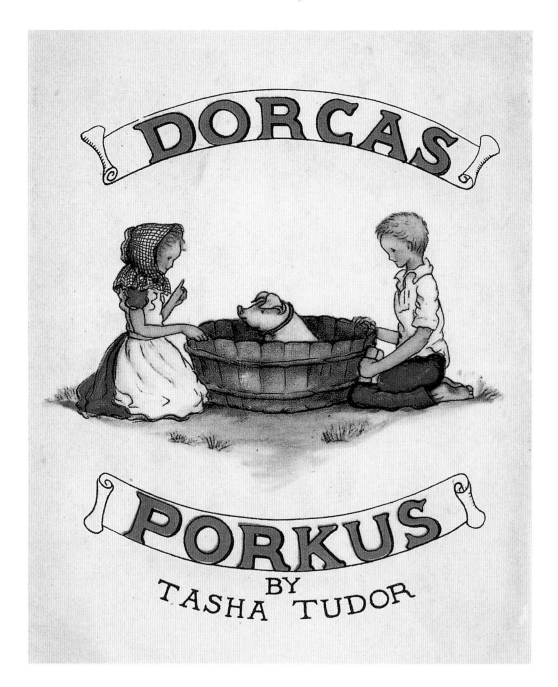

『도커스 포커스*Dorcas Porkus*』, 1942년 작품.

『린지 울시*Linsey Woolsey*』, 1946년 작품.

『크리스마스 전에 내린 눈*Snow Before Christmas*』, 1941년 작품.
타샤가 크리스마스를 보내는 전통적인 방법을 처음으로 묘사한 작품이다.

"꽥꽥 거위야, 어디 가니?"
1944년 작품, 『머더 구스』의 삽화.

"노래해, 노래해! 무엇을 노래할까? 고양이가 푸딩자루의 끈을 갖고 도망친걸."
1944년 작품, 『머더 구스』의 삽화.

타샤의 연필 스케치들은 수채화 못지않은 섬세함을 보여주며, 때로는 수채화를 능가하기도 한다. 그녀는 열 살부터 지금까지 그려온 스케치북들을 모두 간직해왔다.

"스케치는 즐거운 작업이지요. 눈으로 바라본 것을 내가 어떻게 느끼는지 오롯이 담겨 있는 공간이랍니다. 마치 신이 된 것 같지요. 세상을 만들고 싶은 대로 만들 수 있으니까요."

어느 날 타샤가 초기에 그렸던 스케치북을 구경할 때 재미난 일이 있었다. 그녀가 "일상생활에서 보지 않은 것을 그린 그림은 하나도 없어요"라고 짐짓 진지하게 말한 지 얼마 지나지 않아 내가 작은 공룡 스케치를 발견한 것이다. 나는 말없이 그 그림을 펼쳐서 타샤가 볼 수 있도록 높이 들었다. 타샤는 쳐다보지도 않고 방에서 나가려 했다. 그녀는 문간에 멈춰 서서 뒤돌아보더니 "전생을 포함해서요"라면서 능청스럽게 대답했다.

활기가 넘쳐나는 독특한 테두리 그림은 타샤의 삽화에서 없어서는 안 될 트레이드 마크가 되었다. 다른 삽화가들과 달리 타샤는 테두리 그림을 독창적으로 사용했다. 그녀는 언젠가 자신의 그림에 대해 이렇게 평한 적도 있다. "내가 뭔가로 기억된다면 테두리 그림이겠지요."

그녀는 단순한 장식용 테두리 그림을 캘리코 시리즈의 장서표,『부활절 이야기*A Tale Easter*』와『머더 구스』의 표지나 마지막 장으로 썼다. 처음으로 테두리 그림을 삽화의 일부로 정성 들여 그리기 시작한 것은 1947년판『타샤의 어린이 정원』에서였다. 소박하면서도 꽃으로 가득한 테두리 그림은 세상

〈건초다락〉, 『타샤의 어린이 정원』, 1947년 작품.

〈여름의 침대〉, 『타샤의 어린이 정원』, 1947년 작품.

안의 또 다른 세상을 보여주었다. 이것이 타샤의 경쾌한 상상력이 넘치는 테두리 그림의 첫걸음이었다.

테두리 그림은 자신의 세계 속에서 작업하고 그림 속에서 안식을 얻고 싶어 하는 타샤의 내면을 그대로 보여주는 듯하다. 예술은 그녀의 인생에서 떼어놓을 수 없는 부분이기 때문이다.

〈겨울〉, 『타샤의 어린이 정원』, 1947년 작품.

『타샤의 어린이 정원』, 1947년 작품.

〈행진곡〉, 『타샤의 어린이 정원』, 1947년 작품.

〈내 그림자〉, 『타샤의 어린이 정원』, 1947년 작품.

타샤 '최고의 작품'은 독자의 개인적인 취향과 기준에 따라 달라지겠지만 경구 모음집인 『타샤의 어린이 정원』을 제외시키기는 힘들 것이다. 책 속의 아이들이 의젓하고 차분하게 사색에 잠긴 모습들로 그려진 것을 보면, 튜더 집안의 아이들은 틀림없이 얌전했을 것이다. 깊이와 입체감이 살아 있는 수채화와 연필 드로잉은 타샤가 『머더 구스』에서 보여준 솜씨를 능가한다.

타샤의 책들 중 가장 사랑받는 작품 두 편은 1950년대 초반에 나왔다. 『인형들의 크리스마스*The Dolls' Christmas*』에는 대중에게 잘 알려진 튜더 집안의 크리스마스 전통 행사들이 묘사되어 있다. 이 책은 아이들의 인형들과 동물 인형들이 자신들만의 크리스마스 축하 파티를 하는 내용을 담고 있다. 타샤는 실제로 집안의 행사를 그렇게 준비했다. 『시슬리 비*Thistly B*』에서 잠깐 언급된 인형의 집 이야기는 인형들만의 이야기인 『인형들의 크리스마스』로 탄생했다.

타샤가 아이들과 인형, 장난감, 멀리 사는 인형 친척들과 친구들의 연락 수단으로 만든 참새 우체국이 처음 등장하는 것도 이 책이다. 가족의 연례 행사인 마리오네트 인형극도 이 책에서 처음 알려졌다. 타샤의 자녀들은 실제로 각자 우편함을 가지고 있었고, 인형과 장난감을 비롯해 상상 속의 친구들이나 우편 주문 회사들로부터 편지가 정기적으로 도착했다. 아이들은 이

세서니 앤과 나이시 멜린다.
『인형들의 크리스마스』의 표지 그림, 1950년 작품.

우편함을 '참새 우체국'이라고 불렀다. 가끔 인형들의 이야기가 등장했고, 타샤는 이런 내용을 책으로 엮었다.

『인형들의 크리스마스』는 타샤가 삽화가로서 발전하는 데 탄탄한 기반이 되어준 작품이다. 훗날 그녀가 라이프스타일의 아이콘이 되는 데도 큰 역할을 했다.

이제껏 그녀가 쓰고 그린 책들은 어느 정도는 자전적이었지만, 이제 타샤가 그리는 아이들은 제법 커서 그녀가 창조한 삶 속에서 자신만의 개성을 보이기 시작했다. 하지만 자녀들이 친구들의 부모와 다른 어머니의 독특함을 늘 좋아한 것은 아니었다.

"아이들이 어릴 때 어쩌다 시내에 함께 나가면, 꼭 열 발자국이나 스무 발자국쯤 뒤에서 따라오곤 했다니까요. 내 차림새가 다른 사람들과는 많이 달랐으니까요. 아이들은 사람들이 우리를 가족이라고 보지 않기를 바랐죠."

그래도 명절을 축하할 때면 자녀들은 그녀가 만든 환상의 세계를 마음껏 즐겼다.

자녀들이 어릴 때 타샤는 아이들이 그녀의 상상력을 불러일으키는 자세를 취하면 언제든 그림을 그릴 수 있도록 집안 곳곳에 스케치북을 두었다. "미술은 아이들의 생활에서 자연스러운 부분이었지요. 다들 내 삽화의 모델 노릇을 하는 데 이골이 났거든요. 아이들에게 포즈를 취하게 하는 건 쉬워요. 가끔 남자 애들에게는 초콜릿을 주곤 했지요. 여자 애들은 허영 때문에 기꺼이 포즈를 취했고요."

"파티 이틀 전 로라와 에프너는 나이시와 세서니에게 가장 따뜻한 옷을 입혀,
인형들의 크리스마스를 위한 트리를 구하러 숲으로 갔어요."
『인형들의 크리스마스』, 1950년 작품.

『인형들의 크리스마스』는 타샤에게 자신이 꿈에 그리던 삶을 살 수 있다는 것을 깨닫게 해주었다. 그리고 자신의 일상과 꿈꿔오던 삶을 적절하게 버무려 삽화를 그릴 수 있다는 사실도 알게 되었다. 그녀의 생활과 예술이 뒤섞이기 시작한 시점도 바로 이때였다. 현실과 공상은 독특하게 혼합되었다. 타샤가 가족과 보내는 크리스마스는 미국 전역의 가족들에게 영향을 주기 시작했다. 수많은 여자아이가 『인형들의 크리스마스』를 읽기 시작했고, 튜더 집안의 라이프스타일에 대한 관심이 이후 몇십 년간 더욱 커져갔다.

『인형들의 크리스마스』에 이어 나온 『아만다와 곰*Amanda and the Bear*』은 베서니의 친구 가족이 겪은 실화를 바탕으로 쓰였고, 『에드거 앨런 크로*Edgar Allan Crow*』는 튜더 집안의 반려동물인 까마귀에서 영감을 받아 지은 책이다. 다음으로 『타샤의 ABC』가 나왔고, 이 책은 오늘날까지도 첫 출판 당시 못지않은 반응을 일으키며 스테디셀러로 기억되고 있다. 타샤는 고모 에디스 버기스로부터 물려받은 인형 '멜리사'에게서 영감을 받아 애너벨과 옷이 가득한 옷장을 그려냈다. 글의 단순한 리듬은 어린아이들에게 저절로 알파벳을 익히게 하는 데 효과적이었다. 타샤가 그린 수채화와 드로잉에는 그녀의 물건들에 대한 애정이 듬뿍 드러난다. 이 책에서도 멋진 효과를 내기 위해 그녀는 꽃 테두리 그림을 사용했다.

타샤의 삶과 예술의 방향이 정해졌다. 변화하는 환경에 적응하느라 약간의 수정이 있었지만 그것은 일부였고, 타샤는 삶과 예술의 균형을 최대한 맞추었다.

『타샤의 ABC』이후, 옥스퍼드대학 출판부에서는 세 권의 책이 출판되었고, 다른 출판사인 '애리얼'에서도 신작 시리즈를 출판했다. 『첫 감사 기도 *First Graces*』는 『첫 기도*First Prayers*』와 짝을 이루는 책으로 대중적인 사랑을 받았지만 타샤의 최고 기량을 보여주지는 못했다.

1956년 작품인 『1은 하나』는 어린이들에게 알파벳, 숫자,
열두 달을 가르치려고 기획된 시리즈의 두 번째 작품으로, 숫자가 주제다.
타샤는 이 책으로 두번째 칼데콧 상을 수상했다.

1954년 작품인 『타샤의 ABC』는 어린이들에게 알파벳을 자연스럽게 기억시켜주는 책이었다.
어린이들은 애너벨의 멋진 옷장에 매료되어 알파벳을 저절로 익혔다.

1956년에 글을 쓰고 그림을 그린 『1은 하나』는 『타샤의 ABC』와 짝을 이루는 책으로, 어린이들에게 숫자 세는 법을 가르쳐주는 내용이다. 타샤는 『타샤의 ABC』에 버금가는 삽화와 내용이 담긴 이 책으로 생애 두 번째 칼데콧 상을 받았다.

1957년 작품인 『타샤의 열두 달』은 타샤가 옥스퍼드 출판사에서 낸 마지막 책이었다. 『타샤의 ABC』와 『1은 하나』에 이은 세 번째 작품인 『타샤의 열두 달』은 어린이들에게 열두 달과 각 계절의 아름다움을 가르쳐주는 책이다. 이 책은 타샤의 최고작들 가운데 하나로, 독자들에게 타샤 집안의 소박한 뉴잉글랜드식 라이프스타일을 자연스럽게 소개했다. 옛 농가에서 생활하는 즐거움이 수채화와 연필 드로잉으로 아름답게 표현되었으며, 타샤가 실제 삶에서 간직하려고 애쓰는 이상적인 모습들이 담겨 있다. 타샤와 그녀를 사랑하는 독자들은 그런 삶을 살고 싶어 했다.

1 is one duckling

swimming in a dish

coasting,

the hope of spring,

1957년 작품인 『타샤의 열두 달』은 어린이들에게 알파벳, 숫자,
열두 달을 가르쳐주는 시리즈의 세 번째이자 마지막 책으로, 열두 달을 주제로 했다.
이 책의 부드럽고 세밀한 삽화들은 타샤의 최고 걸작으로 꼽힌다.

brings the day,

『타샤의 열두 달』, 1957년 작품.

『베키의 크리스마스』 출판 30주년을 기념해 '제니 렌 프레스'에서 펴낸 1991년 판본.
베키(타샤의 딸 베서니의 애칭)가 성장한 뉴햄프셔의 농가 모습이 고스란히 담겨 있다.

화가 아내

타샤와 토머스 맥크리디는 1938년에 결혼한 후, 코네티컷주 레딩에 있는 타샤 어머니 로자몬드 튜더의 집에서 살았다. 세스와 베서니가 거기서 태어났다. 타샤의 꿈은 어린 시절부터 줄곧 시골에서 자급자족하며 생활하는 것이었다. 출판 계약금과 『머더 구스』 등을 통해 받는 인세로 가족들의 삶을 꾸려갈 수 있게 되자, 1945년에 타샤는 마침내 시골 생활의 꿈을 이루었다.

맥크리디 일가는 뉴햄프셔에 있는 55만 평이나 되는 숲과 들판 속에 자리 잡고 있는 열일곱 개의 방이 딸린 18세기식 주택을 찾아냈다. 버몬트에서 살고 싶은 타샤의 오랜 꿈을 달래기 위해 구한 집이었다.

타샤와 달리 맥크리디는 시골 생활이 그리 편치 않았다. 하지만 부부는 오랫동안 이 집에서 살았고, 맥크리디가 떠난 후 타샤는 좀 더 오래 머물렀다. 뉴햄프셔의 분위기는 그녀가 꿈꾸는 삶과 예술적 영감을 작품에 투영하는 데 모든 것을 제공했다. 셋째와 넷째인 에프너와 탐이 이 집에서 태어나기도 했다.

타샤는 거의 10년 동안 쓰러져가는 낡은 집을 정성껏 손보는 데 힘을 쏟으면서 최고의 걸작들을 창작해냈다. 또 기운이 넘치는 네 아이를 키우고 점점 늘어나는 가축들을 돌봤다.

남편은 그녀에게 그리 큰 도움을 주는 존재는 아니었다. 부부에게는 공통의 관심사가 없었다. 그는 타샤가 선택한 라이프스타일을 참고 견디는 일을 버거워했다. 남편이 보여준 인내의 눈금은 그녀의 수입과 정비례하는 것 같았다.

사랑해서 한 결혼이 아니었다. 타샤는 "내게 청혼할 사람은 유일하게 그 사람뿐이리라 생각했기 때문"이라고 말했다. 어린 시절부터 타샤는 자신의 외모를 부끄러워했다. 그녀가 아이였을 때 우연히 자신의 모습을 거울로 찬찬히 들여다볼 기회가 있었고 타샤는 자신이 '동화 속 공주'의 모습이기를 바랐다.

"스스로를 동화 속 공주처럼 느꼈기에 그와 같은 모습을 상상했어요. 그래서 한껏 꿈에 부풀었지요. 그전에는 유심히 거울을 본 적이 없었으니까요.

나는 '거울을 보면 아름다운 동화 속 공주가 보일 거야'라고만 생각했지요. 하지만 거울 속 내 모습을 찬찬히 들여다보고 정말이지 충격을 받았어요. 지금까지도 그 기분이 잊히지 않아요. 동화 속 공주가 아니라 부스스 한 여자애가 있었어요. 나를 동화 속 공주로 착각하면 안 된다는 교훈을 얻었지요."

타샤는 자신의 외모가 너무 평범해 더 나은 배필감이 나타나지 않을 것 같았기에 맥크리디와 혼인을 했다. 하지만 타샤는 생활비를 전적으로 그녀가 책임지기를 바라는 맥크리디의 모습에 크게 실망했다. 타샤는 부지런히 노력했지만 수입은 충분하지 않았다. 타샤가 그 시절에 늘 들었던 말은 맥크리디의 "여보, 우리에게 돈을 더 벌어다줄 길을 찾아봐야지"라는 채근이었다.

타샤는 현명한 길을 찾고 싶었다. 그녀는 남편에게 일을 하고 싶은 마음을 갖게 하려고 노력했다. 상냥하면서도 단호한 타샤 특유의 끈기로 맥크리디에게 책을 함께 작업해보자고 부추겼다. 그가 글을 쓰면 타샤가 내용에 맞는 삽화를 그리겠다고 했다. 그녀의 인지도를 이용해서 그의 책을 출판할 계획이었다. 첫 결실인 『뚱뚱이 밴텀닭*Biggity Bantam*』의 표지에는 '타샤가 출판계에서 워낙 유명해 여기서 논의할 수조차 없다'는 문구가 적혀 있다.

부부의 공동 작업은 다섯 권의 '맥크리디표' 책을 탄생시켰지만 그리 성공적이지는 않았다. 타샤가 가족의 일상사를 독창적으로 해석해서 이야기해주면 맥크리디가 글을 썼다.

『뚱뚱이 밴텀닭』, 『페킹 화이트*Pekin White*』, 『스텁스 씨*Mr. Stubbs*』, 『토끼 늘리기

Increase Rabbit』,『사냥개의 모험 *Adventures of a Beagle*』의 영감은 전적으로 타샤의 상상력에서 비롯되었지만 맥크리디의 글은 장황하고 기억에 남지 않는 내용이었다. 그림은 그럭저럭 괜찮았지만, 독자들의 마음에 남을 만한 작품은 아니었다. 그나마『토끼 늘리기』정도만 기억에 남는 작품이 되었다.

타샤가 글과 그림을 모두 작업한 책들에 눈에 띄는 변화가 나타나기 시작했다.『그러하노니: 성서 구절 *And It Was So: Words from the Scripture*』은 특히나 아름다운 삽화로 유명한 책이다. 종교적인 책은 타샤가 별로 좋아하지 않는 작업이었지만, 이 책은 그 분야에서 최고 걸작은 아닐지 몰라도 분야의 대표작 중 하나로 꼽힌다.

맥크리디 같은 사람 때문에 타샤의 예술 세계에 흠이 갈 뻔했던 시기는 이내 끝이 났다. 맥크리디의 마지막 책 이후 타샤는『하나님은 너를 사랑해 *The Lord Will Love Thee*』의 삽화를 그렸다. 출판사가 등장인물에게 성서 시대의 옷을 입혀야 한다고 요구하자, 처음에는 거절했지만 결국 타샤는 그 요구를 들어주었다. 사실 책의 내용은 성서 시대의 일이니까. 바람직한 옷차림이었지만 독자들의 반응은 차가웠고, 타샤는 성서 속의 인물들에게 현대의 옷을 입힌 그림이었다면 더 나았을 거라고 믿었다.

타샤는『베키의 생일』과『베키의 크리스마스』를 쓰고 그리는 것으로 1960년대를 시작했다. 책의 주인공인 '베키'는 그녀의 딸인 베서니가 실제 모델이었다. 그 책들은 순수하게 타샤 튜더만의 것이었다.

그녀는 완전히 자기 속으로 들어가서 원하는 모습의 가족상을 투영했고 해가 되는 요소들은 지워나갔다. 제일 먼저 맥크리디의 책들에 나오는 워너 가족, 특히 뽐내는 모습으로 자주 묘사되는 아버지 워너 씨가 자취를 감추었다. 가족보다 반려동물을 강조하는 내용도 사라졌다. 타샤는 너무 오랫동안 가족을 다루는 것을 외면해왔다. 이제 그녀가 원하는 이미지의 가족을 새롭게 만들어나갈 준비가 되었다. 책 속에는 워너 가족 대신, 서로에게 헌신적이고 상대의 입장을 헤아리는 새로운 가족이 등장했다.

"베키가 목록을 꺼내서 읽었고,
칼렙 씨는 물건을 꺼내주면서 우스갯소리를 하고 웃음을 터뜨렸다."
『베키의 생일*Becky's Birthday*』, 1960년 작품.

아버지는 이상화되어 묘사되었다. 타샤는 이러한 아버지 이미지를 확립하기 위해 자신의 아버지에 대한 어릴 적 추억들을 되새기며 작업을 해나갔다. 새로운 여성의 위상 속에서 아버지는 주로 배경이 되는 인물이었다.

이제는 타샤가 가족의 질서를 관할하기 시작했다. 이전 책들보다 더 세밀하고 흥미를 끄는 줄거리에다 마음을 따뜻하게 녹여주는 타샤 특유의 삽화가 등장했다.

"현관에서 기다리던 어머니에게 베키는 꽃다발을 내밀었다."
『베키의 생일』, 1960년 작품.

타샤는 『베키의 생일』에서 독자들에게 베서니의 생일을 축하하기 위해 실제로 준비했던 깜짝 파티의 추억을 소개했다. 그리고 이는 타샤의 예술 세계를 사랑하는 이들에게 가장 기억에 남을 명장면이 되었다.

베서니의 생일은 8월이었고, 타샤는 집 근처의 블랙워터 강가에서 파티를 열어주곤 했다. 어느 해, 베서니의 생일날 해 질 녘에 타샤는 꽃으로 장식한 뗏목에 촛불을 켠 생일 케이크를 얹어서 강물에 띄웠고, 모두들 감탄했다. 초와 작은 뗏목들이 생일 케이크를 지키는 호위병처럼 떠내려왔다. 이 장면은 책을 읽은 독자들의 상상력에 불을 지폈고, 타샤가 영위하는 마법 같은 삶의 상징이 되었다.

1961년에 출판된 『베키의 크리스마스』는 '사랑하는 가족'이라는 주제를 담고 있으며 타샤 집안의 크리스마스 전통에 대한 모든 것을 소개하고 있다. 강림절(강림절은 예수의 탄생을 축하하고 재림을 준비하는 기간으로 크리스마스 전날까지 4주간을 말한다. 나라마다 촛불을 밝히는 의식을 행하기도 한다. 강림절 달력은 그 4주 동안 하루씩 날짜를 열어볼 수 있게 만들어져 있다─옮긴이) 달력과 화환, 벽돌 오븐 속의 아기 구유, 진저브레드 과자로 만든 트리 장식 등 모든 것이 포함되었다. 고풍스러우면서도 따스한 느낌이 손에 잡힐 듯 가깝게 느껴지는 책이다.

"강물 위로 뗏목 배들이 떠내려왔다. 배마다 꽃과 불 켜진 초가 있었다.
더 많은 뗏목이 뒤따라 떠내려왔고, 그 가운데 촛불을 켠 베키의 생일 케이크가 있었다!"
『베키의 생일』, 1960년 작품.

타샤는 1961년을 『타샤 튜더의 전래동화책*The Tasha Tudor Book of Fairy Tales*』으로 마무리했다. 옛날 이야기를 그릴 때면 늘 그렇듯 그녀는 초기 화풍으로 돌아가 고전적인 느낌의 그림을 그렸다.

하지만 『빨간 모자』에서 소녀가 늑대에게 말하는 장면은 확연히 타샤다운 그림이 되었다. 이 시기에서 가장 주목할 점은 테두리 그림을 지속적으로 발전시켰다는 사실이다. 테두리 그림은 더욱 장식적이 되었고, 독특한 스타일을 갖게 되었다.

1961년, 토머스 맥크리디와 이혼하면서 타샤는 인생의 긴 장을 마무리 지었다. 오랜 세월이 흐른 후 그녀는 "내 평생 가장 잘한 결정이었어요"라고 말했다. 50년 전 타샤가 아버지의 성을 거부하고 어머니의 성을 썼듯이, 자녀들도 튜더로 성을 바꾸었다.

타샤는 헨리 데이비드 소로의 작품인 『월든』의 한 구절을 인용하는 걸 좋아했다.

"자신 있게 꿈을 향해 나아가고 상상해온 삶을 살려고 노력하는 이라면, 일상 속에서 예상치 못한 성공을 만날 것이다."

타샤는 그 방향을 향해서 올곧게 나아가고 있었다.

〈빨간 모자〉, 『타샤 튜더의 전래동화책』, 1961년 작품.

『타샤 튜더의 전래동화책』의 마지막 장, 1961년 작품.

타샤 튜더의 가장 유명한 그림 중 하나인 『비밀의 화원』 표지, 1962년 작품.
이 책은 첫 출간 이후 지금까지도 수많은 독자의 사랑을 받고 있다.

새로운 시작

타샤는 맥크리드와의 이혼을 뒤로 하고, 자신의 예술 인생에서 가장 빛나는 10년을 시작했다. 1962년부터 1971년까지 10년간 20권이 넘는 책의 삽화를 그렸고, 이들 중 몇 권은 그녀의 이름을 세상에 널리 알리는 주춧돌이 되었다.

타샤는 『크리스마스 전날 밤*The Night Before Christmas*』의 1962년 축소판본이 출간된 이후 1975년과 1999년에 두 차례나 이 고전의 삽화를 다시 그렸다. 그녀는 산타클로스의 모습을 나름대로 상상하고 변형해서 요정 같은 익살맞은 모습의 산타를 만들어냈다.

1962년에는 프랜시스 호지슨 버넷의 작품인 『비밀의 화원』의 여러 판본 중 기준이 될 만한 특별한 삽화를 그렸다. 인물들을 아름답게 그리면서도 타샤 튜더의 화풍이 고스란히 드러난 삽화들이었다. 타샤의 삽화가 들어간 판본은 첫 출간 이후 계속해서 나오고 있다. 이 삽화 덕분에 타샤는 시대를 넘나드는 베스트셀러 삽화가로 손꼽히게 되었다. 1963년에는 버넷의 또 다른 고전 작품인 『세라 이야기』가 타샤의 삽화를 넣어 새로 나왔다.

『비밀의 화원』으로 오래도록 재정적인 안정을 얻어야 마땅했지만, 타샤는 평소처럼 직접 계약을 했다. 향후 저작권을 모두 넘기고 삽화료만 일정액으로 받는 데 합의한 것이다. 원래는 『비밀의 화원』의 삽화료로 500달러를 받았지만, 책의 인기가 점점 높아지자 출판사는 타샤에게 미안한 마음에 500달러를 더 보내주었다. 결국 역사상 가장 사랑받은 아동서로 꼽히는 책의 삽화를 1천 달러를 받고 그린 셈이었다. 1989년 《퍼블리셔스 위클리》가 발표한 베스트셀러 아동서 목록에는 타샤의 삽화가 실린 『비밀의 화원』이 높은 순위권에 올라 있다.

타샤는 나름대로 비즈니스적인 면에도 최선을 다했지만 자주 손해를 겪었다. 조언해주는 사람이 있었더라면 사양하라고 했을 만한 제안을 자주 받았고 수락했다. 『비밀의 화원』의 경우에는 그런 계약을 한 이유가 두 가지 있었다. 그녀는 삽화가로서 단단히 뿌리내리기 위해 유명한 작가 버넷의 고전 작품을 그리고 싶었고, 당장 돈이 필요할 만큼 급박한 상황이기도 했다. 이혼 후에 네 자녀를 키우는 데 큰돈이 들었다. 타샤의 자녀들은 모두 학비가 비싼 뉴잉글랜드 최고의 교육을 받았기에 타샤는 늘 돈에 쪼들려야 했다.

타샤는 오랜 시간이 지나고 나서야 그녀를 대신해 계약을 진행해줄 회사를 이용했다. 그전까지 그녀는 계약에 관해서는 다른 이의 조언을 믿지 않았고 계약을 대신해준 회사에 대가를 지급하기도 꺼려했다.

1964년 작품인 『바람의 날개*Wings from the Wind*』에는 흔들의자에 앉아 책을 읽는 고양이, 해먹에 기대 앉아 빨대로 음료수를 마시는 암소 같은 재미있는 그림들이 들어 있다. 동물을 의인화하는 기발한 발상은 7년 후 『코기빌 마을 축제』를 내면서 극대화되었다. 타샤는 보통은 함께 지낼 수 없는 동물들이 조화롭게 사는 세계를 만들어냈다. 동물의 세계에 재미있는 양념 같은 요소를 더하기 위해 스웨덴의 트롤(스칸디나비아 민담에 나오는 거인 괴물—옮긴이)을 자기 식으로 변형시켜 '보가트'라 이름 붙이고 등장시켰다. 타샤는 이들을 거칠고 장난이 심하며 인간의 여러 성격적 단점을 지닌 캐릭터로 묘사하여 글과 그림에 적절히 이용했다. 타샤의 작품에 보가트가 처음 등장한 것은 『바람의 날개』 중 '넌센스' 장의 소개 글에서였다.

타샤의 예술 인생에 중심이 될 만한 다른 두 권의 책이 발표된 것은 가장 작품 활동이 왕성했던 10년의 중반 무렵이었으며 두 작품 다 1966년에 출판되었다. 타샤는 케네스 그레이엄의 저명한 고전인 『버드나무에 부는 바람*The Wind in the Willows*』을 섬세하고 내용에 충실한 삽화로 표현해냈다. 수채화로 그린 동물들은 실제 같은 분위기를 풍기고 의상, 집, 자동차가 아주 편해 보인다. 다양한 연필 드로잉 그림은 타샤의 최고 걸작으로 꼽힌다.

바다 쥐가 말을 시작했다. "내 마지막 여행이야."
『버드나무에 부는 바람』, 1966년 작품.

쥐가 말했다. "그럼 이걸 봐! 당장 등불을 들고 나가서…"
『버드나무에 부는 바람』, 1966년 작품.

베아트릭스 포터처럼 타샤 역시 동물을 의인화해서 그릴 때 실제 동물
을 모델로 삼아 그림을 그렸다. 『버드나무에 부는 바람』에 나오는 섬세하고
풍부한 드로잉들은 실제 동물들에게서 영감을 받아 그린 것들이다. 베아트

"수염이 난 작은 갈색 얼굴. 그의 눈에 들어온 것은 반짝반짝 빛나는 눈을 가진
침울한 둥근 얼굴이었다. 자그마한 귀와 숱 많은 부드러운 털. 바로 물쥐였다."
『버드나무에 부는 바람』, 1966년 작품.

〈먹음직스러운 소풍 음식들〉, 『버드나무에 부는 바람』, 1966년 작품

릭스 포터가 그러했듯 타샤도 자신이 돌보는 동물들을 그림의 주인공으로 등장시켰다. 타샤는 코기, 고양이, 염소, 새를 비롯해 흰발생쥐와 그녀가 구해준 다른 동물들도 자주 그렸다. 그녀는 자연과 대화하듯 숲의 생물들 사이에서 느긋하게 그림을 그려나갔다. 그녀가 동물들과 눈을 맞추면 동물들도 똑같이 그녀를 지그시 바라보곤 했다.

타샤는 살아 있는 모델을 구하지 못할 때에는 지하 냉동실에 잘 보관해둔 죽은 동물들을 모델로 썼다. '생쥐 영안실'에는 열댓 구의 동물 시신이 조용히 잠들어 있었다. 때로는 산 동물보다 죽은 동물을 모델로 선호했다. 살짝 녹으면 다양한 포즈를 취하게 만들 수 있었기 때문이다. 얼린 쥐 외에도 다양한 종류의 얼린 새들이 있었다. 그중에는 그녀의 단골 모델인 부엉이도 있었다. 산 동물이든 죽은 동물이든 타샤의 동물들은 그녀의 작품에서 빠질 수 없는 존재가 되었고, 그녀는 동물들을 종류별로 섬세하게 그려둔 스케치북도 여러 권 갖고 있었다.

타샤의 가장 유명한 책 중 하나인 『기뻐하라! 타샤 튜더의 크리스마스 책*Take Joy! Tasha Tudor' Christmas Book*』이 발표된 것도 1966년의 일이다. 크리스마스와 관련된 노래와 시와 이야기, 튜더 집안 특유의 아기자기한 일상들로 가득한 책이다. 크리스마스 축하 음식 조리법, 크리스마스 장식 만드는 법, 축하 공연

등을 담은 이 책은 훗날 많은 사람의 관심을 불러일으킨 타샤의 라이프스타일 책들 중 선구자 격이 되었다. 책에는 타샤에게 영향을 준 크리스마스 전설과 관습을 비롯해 타샤가 독자적으로 개발한 독특한 크리스마스 축하 의식들이 실려 있다.

책의 제목은 1513년에 프라 지오반니가 쓴 편지에 나오는 글귀에서 따왔다. "세상의 우울은 그림자에 불과하나니. 우리 손 닿는 곳에 기쁨이 있으니. 기쁨을 안으라!" 이는 타샤가 즐겨 인용하는 문구이기도 했다. '기뻐하라'는 타샤와 그녀의 라이프스타일을 상징하는 표어가 되었다. 팬들은 타샤가 보여주는 라이프스타일을 따르고 싶었고, 또 따를 수도 있다고 느꼈다.

이 책의 '타샤 튜더의 크리스마스' 장은 타샤를 크리스마스에 관한 한 일가견 있는 일인자로 자리매김하게 해주었다. 또 외국에서 책이 출판되면서 세계 여러 나라에 미국식 크리스마스의 정수를 보여주었다. 『기뻐하라! 타샤 튜더의 크리스마스 책』은 타샤가 삶을 나름대로 꾸려나가는 능력과 그 삶을 그림으로 표현해내는 능력을 전형적으로 보여준다. 실제 삶이 지닌 불완전한 부분에 공들여 덧칠해서 그 모습대로 살려고 노력했다. 크리스마스는 타샤의 우아한 테두리 그림들의 이상적인 주제였다. 이 책의 몇 장면, 특히 헌정사 페이지에 실린 크리스마스를 주제로 한 테두리 그림은 걸작으로 꼽힌다.

『기뻐하라! 타샤 튜더의 크리스마스 책』에 타샤의 크리스마스 카드들을 듬뿍 실은 결과, 미술적으로 훌륭한 책이 탄생되었다. 그녀는 25년이 넘는 세월 동안 매년 최소 열두 장에서 열다섯 장의 카드를 그렸다. 광범위한 판매를 통해 타샤의 카드는 뉴잉글랜드의 독특한 크리스마스 풍경을 전 세계에 널리 보여주었다. 타샤가 크리스마스 카드용으로 그린 그림들은 여러 책들에 드문드문 실렸지만 『기뻐하라! 타샤 튜더의 크리스마스 책』은 수많은 카드 그림이 한꺼번에 실린 최초의 책이었다. 카드를 그릴 때 타샤는 자녀들과의 산골 생활에서 영감을 많이 받았다. 매년 크리스마스가 이어지면서 카드는 많은 사랑을 받았고, 튜더 집안의 고전적인 관습과 놀라운 일들도 대중에게 영향을 미치기 시작했다.

그림 인생에서 거둔 오랜 성공이 막바지에 접어들 즈음, 타샤는 종종 정원에서 가장 큰 영감을 받았다. 하지만 크리스마스 카드에 드러나듯, 크리스마스도 영감의 원천이었다. 수백 가지 다양한 디자인으로 1세기 전의 크리스마스를 연상시키는 과거의 환희가 아름답게 구현되었다. 타샤의 카드에 그런 환희가 생생히 살아 있는 것은, 상상으로 그린 게 아니었기 때문이다. 타샤는 튜더 가족의 삶 속에 있는 장면들을 그림으로 기록했을 뿐이다.

튜더 집안의 자녀들은 독특한 삶을 살아왔으며, 그것은 어머니의 그림 속에서 이상화되었고 영원히 남아 있다. 하지만 현실적인 관점에서는 어려운 점이 많았다. 타샤의 딸 베서니는 미안한 듯한 말투로 이렇게 말한 적이 있다.

"어머니는 저를 환상 세계 속에서 키우셨어요. 제게 현실 세계를 준비시키지 않으셨지요."

〈크리스마스 리스 촛불 밝히기〉, 크리스마스 카드, 1968년 작품.

〈마리오네트 인형극〉, 크리스마스 카드, 1969년 작품.

〈크리스마스 쿠키 만들기〉, 크리스마스 카드, 1968년 작품.

〈요리 도구들로 장식한 테두리 그림〉, 크리스마스 카드, 1973년 작품.

원래는 크리스마스 카드로 그렸으나, 나중에 『타샤의 식탁』의
'헤이즐넛 쿠키' 부분에 사용된 그림. 1993년 작품.

그렇더라도 튜더 집안의 자녀들이 보내는 크리스마스를 부러워하지 않을 사람은 없을 것이다. 타샤의 크리스마스 카드에는 크리스마스의 추억들과 특별한 행사를 준비하는 과정이 담겨 있으며, 19세기식 농가에서 펼쳐지는 소박한 크리스마스 장면이 많이 묘사되어 있다. 거기에는 썰매 타기, 리스 만들기, 트리 장식하기, 선물용 쿠키 굽기가 포함된다. 더불어 강림절 리

〈겨울날 새들에게 먹이 주기〉, 크리스마스 카드, 1961년 작품.

〈동물들의 크리스마스 만찬〉, 크리스마스 카드, 1956년 작품.
1997년에 '만찬'이라는 제목으로 다시 나왔다.

크리스마스 카드

스 걸기, 진저브레드 과자로 만든 큼직한 장식, 공들인 마리오네트 인형극 공연, 인형들과 장난감들을 위한 크리스마스 축하 행사에서는 타샤의 독특한 손길이 느껴진다. 이날만큼은 가축들도 행사에 초대받아 특별한 대접을 받는다. 새들과 다람쥐들을 위한 도넛 트리에서는 정겨운 손길이 묻어난다.

타샤는 종교의 인습적인 측면을 거부했다. 그런데도 종교적인 주제가 담긴 카드들을 제작했으니 어딘가 어색한 일이었다. 타샤는 대중과의 만남에서 종교에 관련된 질문을 받을 때마다 나를 괴롭히는 재미를 맛보곤 했다. 질문을 받으면 그녀는 눈으로 나를 찾고, 일부러 머뭇머뭇 대답하면서 당황스러워하는 나를 놀렸다. 그녀는 내가 말하지 않기를 바라는 게 뭔지 알았고 기꺼이 따라주었다. 타샤는 자신의 대중적 이미지를 나 못지않게 잘 알고 있었다. 하지만 그녀는 원하기만 하면 논란의 여지가 될 말을 얼마든지 할 수

〈어린이들의 경배〉, 크리스마스 카드, 1973년 작품.

있다는 눈빛을 내게 던진 후에야 대답을 얼버무리곤 했다. 타샤는 정도는 다르지만 자신이 그린 종교적인 삽화를 못마땅하게 여겼고 사람들이 영적인 고민에 너무 생을 낭비한다고 생각했다.

타샤는 "크리스천에게 금지된 게 있다면 소유하는 것"이라고 말했고, 신을 두고 '자연'이라고 쓰기를 더 좋아했다. 타샤는 종교에 대해 어느 정도는 범신론(자연과 신의 대립을 인정하지 않고 신은 곧 일체의 자연이라고 생각하는 종교관―옮긴이)적인 사상을 지니고 있었다. 하지만 종교를 주제로 한 카드들을 보면 그녀가 자녀들을 키우면서 상당히 전통적인 접근을 했음을 알 수 있다. 예수 탄생 장면들은 구유의 아기를 경외하는 마음을 잘 표현하고 있다. 벽난로 옆에 있는 오븐에 꾸민 벽돌 구유, 촛불을 밝힌 어둡고 긴 오솔길을 걸어가서 바위 밑에 놓인 구유를 만나는 성스러운 장면은 전 세계의 독자들에게 크리스마스 판타지를 선물했다.

타샤가 그린 성모상들은 전통적인 뉴잉글랜드 지방의 시골 아낙들을 독특한 스타일로 묘사한 모습이었다. 오래전 아기 예수가 태어난 마구간은 타샤에게 있어 그녀가 보살펴야 할 동물들로 가득한 실제 마구간이었다. 그녀의 책에는 동물들에게 먹일 사과 바구니가 자주 등장하고 이 바구니는 실제로도 존재한다. 타샤는 마리아를 소박한 여성으로 그리며, 그녀 자신이 살아가는 분주한 일상을 반영하는 옷차림으로 표현한다. 빛을 통해서든 얼굴 표정을 통해서든 그림마다 어머니와 아이 사이의 정겨움과 사랑이 자연스럽게 녹아 있다.

타샤 자신도 성모나 젊은 어머니로 그림에 자주 등장한다. 타샤에게 어머니라는 역할은 소중한 것이었기에 그녀의 작품 대부분에 큰 영향을 미쳤다. 그 시기부터 자신의 모습을 그려온 경향을 타샤 스스로도 알았다.

"가끔 나 자신을 그리지요. 의식적으로 그러는 것은 아니지만 나도 모르게 그리곤 하네요. 그게 화가의 습성인가 봐요."

1968년, 타샤는 또 하나의 고전인 루이자 메이 올콧의 『작은 아씨들』 삽화를 그렸다. 과거 시대에 대한 그녀의 깊은 애정이 연필화와 수채화 삽화에 그대로 묻어났다.

"브라운 가족은 마을 바깥의 농장에 살았어요.
브라운 씨 부부와 세 아이들 칼렙, 코라, 케이티까지 모두 다섯 명이지요."
『코기빌 마을 축제』, 1971년 작품.

"칼렙은 신이 났어요. 조세핀이 잘 달릴 거라는 자신이 있었으니까요.
칼렙은 조세핀을 돌보면서 시간을 보냈어요.
나날이 늘어가는 조세핀의 몸무게를 재는 일은 즐거웠답니다."
『코기빌 마을 축제』, 1971년 작품.

일 년에 두세 권씩 삽화들을 발표하며 창작 욕구가 샘솟았던 10년을 마무리 지으면서, 타샤는 1971년 『코기빌 마을 축제』라는 놀라운 걸작을 탄생시켰다. 타샤의 그림책 중 가장 독창적이며, 타샤 튜더라는 이름을 영원히 각인시킬 만한 작품이었다. 또 타샤가 자신의 작품 중 가장 아끼는 책이기도 했다.

코기빌은 토끼, 고양이, 보가트, 마을의 이름으로도 쓰인 코기들을 비롯해 다양한 동물이 함께 사는 독특한 마을이다. 타샤는 뉴햄프셔주의 해리스빌을 모델로 삼아 코기빌을 그렸다. 코기빌 주민들은 타샤 자신의 생활처럼 소박해 보이는 삶을 살지만, 그 이면에는 그녀의 삶처럼 풍요로움이 넘쳐난다. 코기빌에서 펼쳐지는 생활은 타샤가 소망하는 삶 그대로이다. 이곳에도 물론 모든 문젯거리들과 성격상의 결점들이 있지만 시간은 느릿느릿 흘러가고 마음을 사로잡는 순수함이 있는 곳이다. 다양한 동물은 각자의 생활 속에서 서로를 도와가며 조화롭게 지내고, 코기빌이라는 완전한 세상을 만들어나간다.

타샤는 자신이 소망하고 창조해온 삶의 최고 형태를 '뉴햄프셔의 서쪽과 버몬트의 동쪽'에 자리 잡은 이 신비로운 마을에 옮겨놓았다. 그녀가 이 책을 작업하면서 커다란 만족감을 느낀 것은 말할 것도 없다. 그림 속에서 의인화된 동물들은 새롭고 정말 매력적이다.

타샤는 자신이 창조한 세상을 나름의 방식으로 섬세하게 펼쳐 보였다. 책에는 등장인물들의 옷차림과 집안 살림까지도 세밀하게 표현되어 있다.

코기빌 교회의 여성 교인들이 준비한 식사는 저절로 침이 고일 정도다. 또 식사를 하는 이들의 표정에서 그들이 나누는 대화가 음식만큼이나 맛깔스럽다는 사실을 알 수 있다.

　작은 마을에서 벌어지는 분주한 삶을 그린 이 책은 찬찬히 들여다보지 않으면 타샤의 빛나는 유머 감각을 놓치기 쉽다. 마구간 벽에 걸린 철물상 달력에는 미인 사진처럼 암컷 코기가 소파에 누워 있는 그림이 있다.

『코기빌 마을 축제』, 1971년 작품.

타샤는 독자와의 만남 중에 대수롭지 않게 "난 아이들보다 새끼 코기가 더 좋아요!"라고 말해서 종종 청중의 놀라움 섞인 웃음을 자아내곤 했다. 그들은 타샤가 농담을 한다고 생각했지만 그게 아니었다. 빠듯한 살림을 꾸리고 네 자녀를 키우면서 개성 강한 아이들을 대하기가 녹록지 않았을 것이다. 타샤가 코기를 사랑한 이유는 사람에 비해 코기들이 훨씬 단순하기 때문이 아닐까. 타샤 덕분에 미국에서 코기를 키우는 사람들이 늘어났으며 『코기빌

"여러분은 고양이와 토끼는 알지만 코기와 보가트는 잘 모를 것이다.
코기는 여우와 색깔이 같은 작은 개다. 다리가 짧고 꼬리가 없다.
달빛에 비친 그들을 보면 마법에 걸렸다는 것을 금방 알 수 있다.
보가트는 트롤이다. 스웨덴에서 왔다고 전해지지만 확실하지는 않다.
코기빌에 사는 보가트들은 카키색 몸에 점이 있다.
머리칼은 이끼이고 귀는 가죽이며, 팔은 구멍을 내려갈 때면 편리하게 쑥 나온다.
긴 꼬리를 가졌고 시거를 피우며, 소란스럽다."
『코기빌 마을 축제』, 1971년 작품.

마을 축제』의 한 대목이 사람들 사이에서 자주 인용된다.

"코기는 여우와 색깔이 같은 작은 개다. 다리가 짧고 꼬리가 없다. 달빛에 비친 그들을 보면 마법에 걸렸다는 것을 금방 알 수 있다."

타샤가 처음 코기에게 매혹된 것은 1958년의 일이었다. 그녀는 잉글랜드 생활을 정리하고 뉴햄프셔로 돌아오면서 잉글랜드의 학교에 남은 아들 탐 대신 새끼 코기 한 마리를 집으로 보냈다. 탐이 뉴햄프셔로 돌아왔을 때 타샤와 코기는 한가족이 되어 있었다. 이를 계기로 타샤는 오래도록 코기들

To my beloved corgis

Farley, Jr., Mr. B., Missus, Megan, Caleb, Snap, Farley, and Corey

『코기빌 마을 축제』의 '헌정사'에 실린 삽화, 1971년 작품.
타샤는 오랜 세월 코긴을 키웠고, 『코기빌 마을 축제』를
그녀의 마음에 남아 있는 코기들에게 바쳤다.

을 아끼고 그림의 모델로 삼기 시작했다. 웨일스어(영국의 웨일스 지방에서 사용하는 인도·유럽어족 켈트어파에 속한 언어—옮긴이)로 '코긴'이라고 불리는 코기는 그녀의 작품에 꾸준히 등장한다. 아마 타샤의 그림들 중에서 가장 독특하고 눈에 띄는 주인공일 것이다.

『코기빌 마을 축제』는 타샤에게 창작의 기쁨을 안겨주었을 뿐 아니라 책의 성공 덕분에 삶의 새로운 장을 시작할 수 있었다. 그녀는 뉴햄프셔의 집을 팔고, '내 하얀 캔버스'라고 이름 붙인 버몬트의 외딴 숲 수십만 평을 사들였다. 그리고 이곳에 '코기 코티지'라는 이름의 집을 지은 뒤 코기빌처럼 독특하고 이상적인 세상을 만들어나갔다.

〈10월, 할로윈데이〉, 『타샤의 특별한 날』, 1977년 작품.

하얀 캔버스

1962년부터 1971년까지의 10년은 타샤가 강인하고 독립적인 여성으로서 독창적인 삶을 개척해낸 시기였다. 이 성공적인 10년의 여정이 마무리될 무렵 그녀는 대중적 인기와 비평 양쪽에서 성공을 거두었다. 1971년 초에는 가톨릭 도서관 협회에서 수여하는 유명한 '리자이너 메달'을 받기도 했다. 특정 작품보다는 작가에게 주는 상으로, "어린이들에게 주는 것은 최고여야 한다"라는 월터 드 라 메어의 말에 합당할 만큼 아동문학에 평생을 헌신한 개인에게 주는 상이다. 타샤는 마침내 소로가 말한 '일상 속에서 예상치 못한 성공'을 이루어냈다. 예술과 삶 양쪽에서 새로운 도전거리와 영감을 얻을 준비가 된 셈이었다.

1971년 11월 타샤는 새 집을 짓는 아들 세스를 거드느라 분주했다. 집의 설계는 타샤가 오랫동안 마음에 담아온 친구 집의 구조에 기초했다. 동력 기구를 사용하지 않고 손으로만 집을 지었으며, 정원 설계와 조성에도 오랜 세월이 걸렸다. 그래서인지 타샤의 다음 책은 1975년에야 출판되었다. 책에는 그녀 특유의 꿈과 노고가 고스란히 나타난다. 『크리스마스 전날 밤』의 재판본에는 타샤의 새 집 그림이 처음으로 선보여져 있다.

이 책은 시집이었고 타샤의 어떤 작품보다 그녀다웠다. 생쥐들이 불 켜진 성냥을 높이 들고 산타클로스를 지붕 꼭대기로 안내한다. 산타클로스는 초판본에서보다 한층 더 요정 같은 분위기를 자아낸다. 고양이와 코기, 산타의 선물인 살아 움직이는 장난감들이 더욱더 환상적이고 마법같이 느껴진다. 독자들이 바라는 크리스마스의 모습이 그대로 스며들어 있는 책이다. 크리스마스를 기뻐하는 타샤의 마음이 독자들에게도 고스란히 전달된다.

그녀가 새로운 환경에서 느끼는 기쁨과 자녀들이 성장한 후 얻은 자유는 새로 시작한 작업에 깊은 영향을 미쳤다. 이후 9년간 그녀는 일 년에 한 권에서 네 권의 책을 작업했다. 그중 몇 권은 타샤 튜더의 진수를 보여주는 최고의 본보기가 되었다.

『크리스마스 전날 밤』 발간 이듬해에 펴낸 『크리스마스 고양이』*The Christmas Cat*』는 딸 에프너와 공동 작업한 세 권 중 한 권이다. 타샤의 잔잔한 그림은 에프너의 크리스마스 이브에 집을 찾는 고양이 이야기와 잘 어울린다. 두 사람은 일상생활에서 마법 같은 삶이 이루어질 수 있음을 보여준다. 뒤이어 에프너가 쓰고 타샤가 그린 1977년 작 『에이미의 거위*Amy's Goose*』와 1978년 작 『캐리의 선물*Carrie's Gift*』도 발표되었다.

　　1977년 작품인 『타샤의 특별한 날』에는 튜더 집안의 명절 이야기가 전부 담겨 있다. 그림에서 아들 탐은 어른으로 나오고, 타샤는 할머니가 되었다. 이번에는 손자 손녀들이 타샤의 옛 기억과 스케치북 속에 존재하는 아이들 속에 더해졌다. 오랫동안 전통으로 내려온 기념일 행사에서 아이들은 신나게 뛰어논다. 타샤는 과거로 되돌아가 아름다운 순간들을 담아냈다. 섬세한 묘사들은 그림에 생동감을 불어넣었다. 타샤는 베서니의 케이크가 블랙워터강에서 떠내려오는 장면을 다시 그렸고 이전 그림보다 깊이 있는 작품이 탄생했다. 이 책은 가족 간의 사랑과 어린 시절의 향수를 불러일으키는 작품이다. 타샤는 이 책의 삽화를 그리며 무척이나 행복해했다.

　　타샤가 『타샤의 특별한 날』의 삽화 전부를 보관한 사실만 봐도 타샤가 이 작품에 얼마나 애정을 가지고 있는지 알 수 있다. 원판의 가격이 높아지기 시작했는데도 그녀는 이 그림을 한 장도 팔지 않았다. 이전에 책의 삽화를 전부 보관한 것은 『코기빌 마을 축제』뿐이었다.

We always had the most wonderful Easter egg tree
with goose, duck, chicken, bantam, and pigeon eggs.
On the very top were canary eggs.

〈4월, 부활절 달걀 만들기〉, 『타샤의 특별한 날』, 1977년 작품.

1979년 작품인 『타샤의 그림 정원』은 『타샤의 특별한 날』과 연결 고리가 있는 것은 아니지만, 타샤가 좋아하는 인용구들을 모은 책이다. 글과 맞춤한 그림들이 실려 있고, 달빛 속에서 정원을 걷는 초현실적인 두 아이의 그림자 그림과 타샤와 가장 연관이 깊은 그림인 〈눈 속의 로라〉가 수록되었다.

"5월의 싱그런 웃음 속에서 눈을 바라지 않듯, 크리스마스에 장미를 바라지 않는다오."
『타샤의 그림 정원』, 1979년 작품.
셰익스피어의 『사랑의 헛수고』의 한 구절을 그린 이 삽화는
'눈 속의 로라'로 더욱 유명하며 가장 많이 알려진 타샤의 작품들 중 하나이다.

〈잠의 나라〉, 『타샤의 어린이 정원』, 1981년 작품.

〈북서쪽 길〉, 『타샤의 어린이 정원』, 1981년 작품.

1981년 작품인 『추억을 위한 로즈마리*Rosemary for Remembrance*』는 다이어리 형식의 책으로, 삽화와 꼭 맞는 명언들과 함께 기억하고 싶은 날을 기록하도록한 특별한 책이다. 이 책에는 창가에 서서 담뿍 빛을 받는 여인의 아름다운초상화가 담겨 있다. 같은 해 다른 책 두 권이 출간되었는데, 풍성한 삽화가담긴 『타샤의 어린이 정원』의 새 판본이 여기 포함된다. 이 책에는 로버트루이스 스티븐슨(『보물섬』을 지은 영국 작가—옮긴이)의 시들을 표현한 생동감넘치는 테두리 그림들이 실렸다. 테두리 그림에는 유년기의 창의적인 상상력과 즐거움을 보여주는 수십가지 활동과 모험들이 담겨 있다. 각각의 그림은 해당 시를 정확하게 묘사할 뿐만 아니라 세부 묘사가 풍부하고 다양하다.

1984년 작품 『사랑을 위하여*All for Love*』는 가족과 친구, 반려동물, 인생에대한 사랑뿐 아니라 로맨틱한 사랑에 대한 송가를 섬세하게 담은 책이다. 이책은 보답이 있든 없든 사랑이 사람의 감정에서 필수적이면서도 유쾌한 것이라고 예찬한다. 하지만 타샤의 그림은 인생의 비극적인 면도 다룬다. 낭만적인 분위기에서 함께 있음을 감사하는 커플들도 등장하지만, 타샤는 주저없이 슬픔에 젖은 남자의 그림도 그려냈다. 풀이 자란 무덤 위에 작은 참새의 시신이 있는 쓸쓸한 풍경과 함께 사랑하는 이와의 사별로 절망감에 빠져머리를 감싸고 있는 남자의 그림이 바로 그것이다.

타샤의 예술 세계는 삶의 로맨틱한 면과 어두운 면(버림받음, 보답 없는 사랑, 죽음)을 여실히 보여주며, 다른 삽화가들과 타샤를 구분시켜준다. 타샤

〈연인에게 열정적인 목동〉,
『사랑을 위하여』, 1984년 작품.

〈나를 사랑하게 될 거예요〉,
『사랑을 위하여』, 1984년 작품.

『사랑을 위하여』의 기초가 된 스케치.
이 스케치는 수채화로 다시 그려져 〈나를 사랑하게 될 거예요〉가 되었다.

는 소망하는 세상의 모습을 표현하는 것을 즐겼지만 현실을 이해하고 받아
들이는 면도 있었다. 환상적으로 살면서도 현실에 주목하는 능력이 뛰어났
기에 타샤의 그림은 그럴듯했고, 그녀가 꿈꾸는 삶도 실현 가능할 것처럼
보였다.

출판되지는 않았지만 흥미로운 스케치들을 보면 타샤의 농익은 스케치 솜씨를 감상할 수 있다. 원래는 미출간용이었지만 결국 『사랑을 위하여』로 세상에 나오게 된 그림들을 보면, 얼굴 표정만으로 감정의 독특한 뉘앙스를 완벽하게 그려냈다는 것을 알 수 있다. 수채화들도 그 자체로 훌륭하지만 연필 드로잉들은 섬세하면서 부드러운 매력을 담고 있다.

〈실험실에 있는 닥터 큐피드 코기〉, 밸런타인데이 카드.

『사랑을 위하여』에는 타샤만의 밸런타인데이 카드 만드는 방법이 담겨 있다. 꽃의 뿌리 부분에 메시지를 적은 카드를 달아 화병에 넣어두고, 화병에서 꽃을 빼서 카드의 내용을 볼 수 있도록 한 것이다. 타샤의 상상력 넘치는 밸런타인데이 카드는 극소수만 판매되었기에 가족과 친구들 사이에서 귀한 대접을 받았다. 닥터 큐피드 코기는 자주 나오는 인물이며, 실험실에서

〈사랑의 묘약 만들기〉, 1973년 작품, 밸런타인데이 카드.

사랑의 묘약을 조제하는 장면으로 유명하다. 타샤가 『코기빌 마을 축제』에서 장난꾸러기로 그린 보가트도 밸런타인데이 카드의 단골 주인공이었다.

타샤는 『타샤 튜더의 강림절 달력*Tasha Tudor' Advent Calendar*』을 계기로 코기빌을 다시 그리기 시작했고, 처음으로 강림절 달력을 책으로 펴냈다. 실제 달력에는 마을 광장에 모여 크리스마스를 축하하는 코기빌 주민들이 등장한다. 이들의 행복한 모습은 타샤가 아끼는 인물들이 삶을 활기차게 누리는 모습을 그대로 보여준다.

타샤의 강림절 달력들에는 동물들, 유령들, 보가트들의 삶을 그녀의 독특한 시선으로 이상화한 그림들이 실려 있다. 원래는 가족용으로 만들었다가 1978년 랜드 맥널리가 강림절 달력 시리즈를 출판하면서 대중들에게 알려지게 되었다.

강림절 달력 그림 중에는 겨울 밤의 숲을 묘사한 그림들이 있다. 여우들은 얼음을 지치고, 유령들은 늑대를 타거나 흰 기러기를 타고 날아다니고, 토끼들의 바이올린 연주에 맞춰 생쥐들이 춤을 추고, 중산모를 쓴 까마귀들이 친구를 맞이하느라 바쁘다. 이 매혹적인 세계를 더욱 흥미롭게 만드는 것은 땅속 세상의 삶이다. 달력의 그림들은 모두 지상과 지하, 두 부분으로 나뉜다. 황량하면서도 아름다운 설경이 빚어내는 즐거움 아래에는 토끼와 너

강림절 달력, 1978년 작품.

강림절 달력, 『크리스마스 전날들*The Days Before Christmas*』, 1980년 작품.

구리 굴의 따뜻한 세계가 있다. 그들의 집은 타샤가 반세기 이상 그림으로 그려온 타샤 자신의 것과 똑같은 골동품과 세간으로 꾸며져 있다. 낯익은 중국풍 식기, 파란색으로 장식된 오지그릇, 구리팬과 바구니들, 타샤의 무쇠 스토브까지 없는 게 없다. 저장실에는 식료품이 가득 차 있고 축하 분위기가 넘친다. 세상 속의 또 다른 세상이 있는 그곳에는 큰 굴 아래 작은 생쥐의 굴이 있고, 역시나 아기자기하게 꾸며져 있다. 강림절 기간 동안 하루에 하나씩 열게 되어 있는 문 안에는 인사말과 선물을 든 동물들, 크리스마스를 축하하는 글들이 들어 있다. 예술성과 창조성을 두루 갖춘 이 달력들은 타샤가 남긴 걸작이다.

1990년 작품인 『더 환한 정원*A Brighter Garden*』과 1992년 작품 『흉내내기*The Real Pretend*』를 마지막으로 타샤는 또 다른 인생길로 접어들었다. 『더 환한 정원』에는 타샤가 존경하는 에밀리 디킨슨(자연과 사랑 외에도 청교도주의를 배경으로 한 죽음과 영원 등의 주제를 다룬 미국 시인—옮긴이)의 시들이 담겨 있다. 뉴잉글랜드의 정경을 차분히 그려낸 삽화들은 타샤가 그 시들을 마음 깊이 간직하고 있다는 것을 보여준다.

『흉내내기』는 널리 배포되지 않았고 아직 재판본이 나오지 않아서, 이 삽화들의 아름다움을 아는 독자가 많지는 않다. 타샤의 원숙한 스타일이 빛을 발하고 있고 테두리 그림 또한 단순하면서도 향수를 자아내는 이야기의 느낌을 잘 살려내고 있는 책이다.

"꽃이 얼마 안 되는 걸 속상해하면 안 되지."
『더 환한 정원』, 1990년 작품.

『더 환한 정원』, 1990년 작품.

『흉내내기』의 표지 그림, 1992년 작품.

"그러다 월요일이 되었다. 캐시가 처음 학교에 가는 날이었다."
『흉내내기』, 1992년 작품.

　『흉내내기』를 출판함으로써 타샤는 54년간 80권이 넘는 책을 발표한
셈이 되었다. 그녀는 이제 정리를 하고 쉬어야겠다고 생각했다. 그전에 타샤
는 사진작가 리처드 브라운과 공동 작업에 착수했다. 그 결과, 그녀가 창조
한 독창적인 삶을 글과 사진으로 담은 책이 출간되었다. 타샤의 독특한 라이
프스타일을 마지막으로 남기기 위한 작업이었다. 하지만 이 작업은 타샤의
삶에 전환점이 될 만한 반향을 일으켰다.

『기뻐하라! 타샤 튜더의 크리스마스 책』에 실린 1966년 작품.
크리스마스 카드로도 제작되었으며, 이후 '파란 옷을 입은 성모'라는 제목으로 다시 나왔다.

잃어버린 그림

타샤는 자기 그림을 그리 자랑스러워하지 않았다. 자신을 화가가 아닌 삽화가라고 생각했다. 그녀가 성장하던 시기에는 화가와 삽화가의 경계가 또렷했다. 화가는 예술가로 대접받았고, 삽화가는 고용되어 정해진 그림을 그리는 사람으로 취급받았다. 타샤는 화가들을 마음 깊이 존경했고, 어머니를 그중 최고로 꼽았다. 로자몬드 튜더의 그림은 종종 유명 잡지에 실렸지만, 당시의 삽화가들처럼 상업적인 인기를 얻지는 못했다. 그녀는 주로 초상화를 그렸고, 타샤가 가장 좋아하는 그림은 오빠 프레더릭이 책 읽는 모습을 담은 초상화였다. 로자몬드 튜더는 예술적 재능이 뛰어났고, 그녀가 그린 초상화가 여러 기관과 박물관 곳곳에 걸려 있긴 하지만, 딸이 누린 대중적인 인기나 명성과는 비교가 되지 않았다. 그런데도 타샤가 자신의 그림이 어머니의 작품들에 못 미친다고 생각한 것은 아이러니가 아닐 수 없다. 타샤는 딱 다섯 작품 정도만 자랑스럽다고 말하곤 했다. 가장 좋아하는 작품은 가장 많은 사랑을 받은 작품이기도 하다. 『타샤의 그림 정원』에 싣기 위해 1978년에 그린 〈눈 속의 로라(14쪽 그림)〉는 눈 신을 신고 눈길을 걸어가는 손녀 로라와 검은 아기 고양이 두 마리를 대담하면서도 소박하게 그려낸 초상화이다.

로라는 타샤의 딸인 베서니의 딸로 한동안 타샤와 함께 살았고, 단골 모델 중 한 명이었다. 한 명뿐이던 손녀 로라가 어른이 될 무렵 아들 탐과 며느리 은임이 한나 타샤를 낳았다. 심지어 최근까지도 로라를 비롯한 다른 손자손녀들, 자녀들은 타샤가 기억하는 어릴 적 모습 그대로 생생하게 그려져왔다. 어린 시절 자녀들의 특별한 포즈를 그리고 싶을 때마다, 타샤는 수천 장의 드로잉이 담긴 스케치북 수십 권을 뒤졌다.

"내 스케치북에서는 자식들과 손자 손녀들이 영원한 어린이의 모습으로 남아 있답니다."

타샤는 생기발랄한 아이들을 그림으로 담아내기 위해 빠르게 스케치하고 색칠하는 방법을 익혀야 했다.

"재빠르게 움직이는 아이들을 그리려면, 움직이는 동안 얼른 종이에 그려야 해요. 아이들이 재미난 자세를 취하면 당장 그리고 싶어져요. 왜냐하면 다시는 그런 포즈를 볼 수 없으니까요."

타샤의 이런 습관은 〈눈 속의 로라〉를 그릴 때 빛을 발했다. 고작 30분 만에 완성한 이 그림은 뉴욕의 메트로폴리탄 뮤지엄에 전시되기도 했고, 지금은 코기 코티지의 응접실에 걸려 있다. 그 옆에는 타샤가 아끼는 '파란 옷을 입은 성모'가 자리 잡고 있다.

타샤가 세 번째로 마음에 들어 하는 그림은 〈코기 코티지의 겨울〉이다. 이 그림은 타샤가 그림을 그렸던 해의 크리스마스에 아들 탐에게 주어졌고 나중에 다시 엽서로 출간되었다. 나머지 그림들은 때때로 순위가 바뀌었는데, 보통 네 번째로는 〈고풍스러운 장미〉를 꼽았다. 이 그림은 겨울 부엌의 작업대 위에 걸려 있다. 다섯 번째로는 『코기빌 납치 대소동』에 나오는 책상에 앉아 있는 코기 칼렙의 그림을 꼽았다.

타샤는 이 작품들을 무엇과도 바꿀 수 없이 소중히 여겼다. 이 작품들이 타샤가 바라던 대로를 담아냈다고 느꼈기 때문이다. 그녀의 표현에 의하면 다른 그림들은 '제법 괜찮기'는 해도 원하는 그대로는 아니었다.

타샤에게는 오래전부터 마음에 안 드는 그림을 태워버리는 습관이 있었다. 그 그림들을 팔았을 때 생길 금전적 이익을 생각하지 않고 가차 없이 파기했다. 다른 사람에 비해 얼마나 잘 그렸느냐는 중요하지 않았다. 그녀는 자신이 되고 싶은 화가의 눈으로 봤을 때 그 그림이 어떤가에 더 신경 썼다. 마음에 안 드는 그림들은 일단 숨겨두었다가 그림들에 대한 압박감이 쌓이면 벽난로에 불을 지피고 태우는 것으로 자괴감에서 벗어나곤 했다. 다행히

〈고풍스러운 장미〉.
타샤는 이 그림을 60여 년 동안 작업한 그림 중 마음에 드는 다섯 작품의 하나로 꼽았다.

타샤는 자신의 그림을 분류해서 정리 정돈하는 타입이 아니어서 태워야 할 그림들이 다른 것들과 뒤섞여서 화형을 면하기도 했다.

아무렇지 않게 버려졌을 그림들을 생각하면 아찔했다. 코기 코티지에서 내가 처음으로 맡은 일은 타샤가 마음에 들어 하지 않는 그림들을 함께 처분하는 것이었다. 정말 마지못해 한 일이었다. 그렇게 대대적으로 그림을 없애는 일은 그게 마지막이었을 것이다.

어느 날 주말을 보내러 친구 리 니콜스와 함께 코기 코티지에 갔다. 비가 내리고 우중충한 날이었다. 타샤는 집 안 정돈을 해야겠다면서 내게 원판 그림 중 판매할 것들을 가려내 정리를 하자고 부탁했다.

얼마 지나지 않아 타샤와 나는 예상했던 것보다 훨씬 많은 작품이 있다는 것을 알게 되었다. 집 안 구석구석에 그림들이 있었다. 위층 복도 구석에 쌓인 종이 더미를 정리하면서, 나는 발을 내려다보다가 충격을 받았다. 내가 수채화 원판 그림 두 점을 밟고 있는 것이 아닌가.

마침내 진지한 최종 작업에 착수했을 때 나는 안타까움으로 할 말을 잃었다. 나는 타샤가 하려는 일을 막고 싶었지만 차마 그러지는 못하고 많이 폐기하지는 말자는 말만 되풀이했다.

타샤는 겨울 부엌에서 이미 활활 타는 난로에 나무를 더 넣은 다음, 침상에 걸터앉았다. 리는 그녀와 난로 사이에 서서 타샤가 주는 것을 불 속에 넣을 채비를 했다. 나는 어떻게 해야 할지, 어떻게 '할 수 있을지'를 고심하면서 불안하게 주위를 맴돌았다. 타샤는 굳게 마음먹은 일에는 충고를 받아들이는 사람이 아니었다. 이 위대한 예술가가 자신의 그림을 처리하는 것에 대한 간섭 자체가 어리석은 짓이지만 시도라도 해보지 않으면 두고두고 후회하리라는 생각이 머릿속에 가득했다.

과정은 빠르게 진행되었다. 타샤는 그림을 슬쩍 보곤 좋은지 싫은지를 금방 판단했다. 그녀는 최대한 예의를 지키려고 노력했지만 내 생각에 좌우되지는 않았다. 그녀가 드로잉이나 수채화를 리에게 넘겨줄 때마다 리와 나는 눈을 마주쳤고 내가 고개를 끄덕이면 그는 그림을 불에 던졌다. 작업을 시작한 지 얼마 안 됐을 때 타샤가 그에게 엄청난 작품을 넘기자 나는 고개를 강하게 저었다. 이 장면을 본 타샤의 눈빛이 번뜩였다. 우리는 각자의 입장을 굽히지 않았고 결국 둘 다 웃음을 터뜨렸다. 그림마다 논쟁이 벌어졌고, 타샤가 불태우려고 하는 것들이 그녀의 평가와는 달리 가치 있는 작품임을 설득력 있게 설명할 수 있어서 그나마 다행이었다.

그날 오후, 오랫동안 그녀의 그림을 공부한 덕을 톡톡히 봤다. 지금도 내가 지키지 못한 그림들이 기억에 생생하다. 벽난로의 불꽃 속으로 제법 큰돈이 사라져간 셈이었다. 미술사상 가장 자주 그림에 등장했던 그 난로 속으로. 그녀가 하는 대로 내버려둘 수밖에 도리가 없었다. 그녀는 타샤 튜더였고, 그것은 타샤의 그림이었다. 그림이 불꽃 속으로 사라질 때마다 나는 주문을 외우듯 계속 그렇게 중얼댔다.

타샤는 즐거운 시간을 보냈다. 입씨름에서 대부분 그녀가 이겼고, 내가 이겨도 그만큼 작품이 좋다는 데 흐뭇해했다. 시간이 흐르면서 리도 의견을

〈세스의 초상〉
타샤가 아들 세스를 그린 유화.
세 자녀인 베서니, 에프너, 탐의 초상화들처럼 이 작품도
수준 이하라는 이유로 폐기되었다.
타샤는 특히 초상화 분야에서 유명한 화가였던
어머니 로자몬드 튜더의 그림과 자신의 그림들을 비교하곤 했다.
촛대 받침에 앉아 있는 보가트 인형은
세스가 어린 시절에 받은 선물로, 보가트가 코기빌 주민이 되는 데 영감을 주었다.

말했고 타샤는 귀 기울여 들어주었다. 가끔 리의 애원이 통했고 내 의견도 종종 받아들여졌다. 타샤가 "아무 말 말아요! 어서요!"라고 말하면서 잘 그려진 유화 초상화를 리에게 주자 우리는 안타까움에 신음했다. 타샤의 유화는 아주 드물었고, 그녀가 생각하는 것보다 훨씬 멋진 작품이었기 때문이다. 나는 온몸의 기운이 빠졌고 그림이 유독 아주 오래도록 타는 것 같은 기분이 들었다.

날이 저물 무렵, 타샤와 나는 둘 다 만족감을 느꼈다. 물론 만족감의 내용은 정반대였지만. 고양이를 그린 작은 유화가 리에게 넘겨지자 나는 당장 달려들어서 빼앗았다.

"절대로 안 됩니다. 이 그림은 논란의 여지가 없어요. 안 돼요!"

나도 모르게 버럭 소리를 질러놓고 너무 주제넘은 짓을 했다 싶어 움츠러들었다. 하지만 타샤의 마음이 움직였다.

"퍼스(타샤가 키우던 고양이 이름—옮긴이)가 당신한테 고마워할 거예요. 저 아이에게 좋은 가족을 찾아주세요."

작업이 끝난 후 퍼스는 내 차에 실렸다. 몇 시간 동안 그림들을 지켜내느라 기운을 뺀 후였어서 타샤의 작품을 안전하게 운반할 수 있을지 겁이 났다.

타샤는 『타샤의 식탁』에 실린 닭고기 구이 삽화를 처분하고 가장 시원해했다. 그녀는 그전에 앞의 그림 세 점을 양보한 터라 실랑이를 하는 게 따분했는지 리 앞으로 몸을 숙여 작은 수채화를 벽난로 속으로 정확히 조준해 던져 넣었다.

〈퍼스〉
타샤가 유화로 그린 고양이.
마지막 그림 처분 때 사라질 뻔했다.
타샤의 그림을 폐기하는 기준은 그림이 지닌 상대적 가치보다
그림에 대한 타샤의 '자신감'이었다.

창가 작업대에 앉아 스케치 중인 타샤 튜더.

내가 "타샤, 그건 출판된 작품이잖아요. 모두들 벌써 그림을 봤다고요"
리고 말헤도 소용이 없었다. 그녀는 무덤덤하게 "구이 요리 때문에 그린 그
림일 뿐이에요. 이제 무의미해요"라고 대꾸했다. 잠시 후 타샤는 어깨를 으
쓱하더니 생긋 웃으면서 "게다가 닭고기 구이는 불 속에 있는 게 제격이에

요!"라고 덧붙었다.

어둠이 내릴 무렵에야 일이 마무리되었다. 그렇게 고단하기는 생전 처음이었다. 리도 마찬가지였다. 그는 하루 내내 지었던 걱정스런 표정을 지우지 못했다. 불태워버린 그림들이 계속 눈앞에 어른거렸다. 나는 살아남은 그림들의 안전이 염려스러웠다. 하지만 타샤는 거치적거렸던 일을 끝내서 개운한 듯 "쓰레기를 싹 버리고 나니 마음이 가뿐하네요"라고 명랑하게 말하고는 염소 젖을 짜러 나갔다.

〈가족 초상화〉
1997년에 그림과 엽서 등으로 소개되었다.
코기 코티지의 뒷문에서 타샤의 코기들이 포즈를 취했다.
문지방에 앉은 코기들은 왼쪽부터 윈슬로 호머, 칼렙 빙엄, 어리광을 받아주는 자상한 어머니 레베카, 앤드류 잭슨.
앞쪽은 왼쪽부터 벤자민 프랭클린, 자신감 넘치는 아버지 오윈.

빛나는 장인 정신

화가들은 개인적으로 공예품 만들기를 즐긴다. 물론 타샤도 예외는 아니다. 자녀들이 성장하고 하고 싶은 일들을 마음껏 할 수 있게 되자 겨울에는 주로 그림을 그렸다. 겨울이면 1미터 가까이 눈이 쌓여서 세상과 떨어져 고즈 넉한 분위기를 맛볼 수 있었다. 코기 코티지는 어느 계절이나 시간이 정지된 것처럼 호젓하지만 겨울이 가장 그렇다. 하루하루가 누구나 누리고 싶은 나날이다. 동물들은 시간 맞춰 먹이를 먹고 난로에서는 장작이 활활 타오른다. 다른 모든 것도 느릿느릿 흘러간다. 이때가 타샤가 그림을 그리는 이상적인 시간이다. 타샤는 봄, 여름, 가을에는 정원 일에 모든 것을 쏟았다.

1996년 가을, 타샤와 나는 마음이 급해졌다. 타샤는 몇 년째 강연에서 자신이 아끼는 책인『코기빌 마을 축제』의 멋진 속편을 내놓겠다고 말해왔다. 그녀는 항상 곧 책을 내겠다고 약속했다. 하지만 타샤는 지난 12년간 글은 썼지만 삽화는 딱 한 점만 그렸다. 하지만 타샤의 마음속에는 늘 그림에 대한 열정이 가득했다. 그녀는『코기빌 납치 대소동』이라는 제목으로 코기빌 이야기를 다시 한번 독자들에게 선보이고 싶어했다. 당시 타샤는 작품에 대한 열정이 강했지만 쉽게 작업을 시작하지는 못하고 있었다.

우리는 윌리엄스버그의 '애비 앨드리치 록펠러 포크 아트 센터'에서 열릴 전시회에 대비해 작품을 선정하고 준비하는 과정에 참여했다. 나중에는 좋은 친구가 된 큐레이터들의 끊임없는 방문은 유쾌하지만 긴 시간을 할애해야 했다. 타샤는 아예 윌리엄스버그로 이사를 할까 생각하면서 그 가능성을 두고 이리 재고 저리 쟀다.

전시회의 막바지 준비를 하느라 7월 내내 윌리엄스버그에 있는 작은 집에서 보내야 했다. 기운을 빼는 긴 회의들이 이어졌고, 손님들이 계속 찾아왔다. 사교 행사에도 참석해야 했다. 코기 코티지에서 여유로움을 누리던 타샤는 이곳의 생활을 받아들이기 버거워했다.

어느 날 나는 조수가 동네 슈퍼마켓에 전화 거는 소리를 듣고 이 모든 상황이 말도 안 된다고 판단했다. 조수는 식료품을 사러보낸 그의 친구를 찾기 위해 슈퍼마켓에 전화를 하던 참이었다. 슈퍼마켓 측은 친구를 찾아달라는 황당한 부탁에 어리둥절해했고, 결국 전화를 한 조수는 이렇게 말했다.

"물론 긴급 상황이지요. 방금 타샤 튜더가 브로콜리가 더 필요하다고 했다고요!"

버몬트의 집으로 돌아갈 때였다. 타샤는 정든 코기 코티지에 돌아가는 것을 기뻐했지만, 우리는 심각한 문제에 부딪혔다. 『코기빌 납치 대소동』의 마감 기일을 고작 한 달 남겨두고 있었기 때문이다. 타샤처럼 자유로운 영혼을 지닌 예술가에게 일정을 운운할 수 없다는 건 잘 알고 있었다. 그래서 지금껏 그녀에게 압박감을 주지 않고 지내왔지만, 중요한 작품의 마감이 코앞에 다가왔으니 어쩔 도리가 없었다.

타샤는 이미 빛나는 업적을 많이 이루었다. 그리고 그녀의 작품들과 명성은 이미 전설이 되었다. 하지만 타샤는 그 이상을 원했다. 그래서 다시 한번 영광을 재현할 마스터 플랜을 하나씩 만들어나갔다. 채 석 달도 남지 않은 전시회가 이 플랜의 핵심이었다. 그에 못지않게 중요한 것은 『코기빌 납치 대소동』의 출간이었다.

타샤와 나는 진지하게 의견을 나눴다. 나는 시간에 맞춰 그림이 나오기 힘들다는 것을 에둘러 강조했다. 출판사들 사이에서 그녀가 원고를 늦게 주고 같이 일하기 힘든 작가로 알려져 있다고 솔직히 말했다. 타샤는 전에도 그런 말을 들어본 적이 있었기에 조금도 압박감을 느끼지 않는 듯했다.

내가 마감 기일이 임박했음을 알려주자 타샤는 곧 이 문제에 집중했다. 타샤의 삶에서 금전적 필요는 중요한 자극제였다. 스스로도 "문간에 늑대가 없었다면 나는 일을 하지 않았을 거예요. 종이 인형이나 만들면서 지냈겠죠"라고 빗대어 말하곤 했다. 네 명의 자녀를 키우고 교육시키는 데 엄청난 돈이 들었기에 오랜 세월 의뢰를 받는 일마다 받아들일 수밖에 없었다.

출판사에서 원판 그림을 되돌려주기 무섭게 그림들을 팔아야 했다. 한 푼이 아쉬운 세월이 계속되다 보니 그런 일들이 자연스럽게 몸에 뱄다. 이제는 과거처럼 돈이 필요하지 않았지만 타샤는 자신이 얼마나 힘든 시절을 보냈는지 기억했고, 다시 돈이 필요하기라도 한 듯이 열심히 일했다.

타샤는 특유의 장난꾸러기 같은 미소를 짓더니 아무렇지 않게 말했다.

"아직 다 끝난 것은 아니잖아요. 할 수 있어요."

나는 믿을 수가 없었다.

"4주 동안 40장의 삽화를 다 그리실 수 있다고요?"

"글쎄, 시간도 조금 더 필요하고 도움도 많이 받아야겠지요. 당신은 당신이 맡은 일을 해요. 나는 내 일을 할 테니까."

이후 5주 동안 75년에 걸쳐 깊어질 대로 깊어진 화가의 창작 세계가 놀랍게 펼쳐졌다. 나는 출판사로부터 마감일을 일주일 연기해도 좋다는 허락을 받았다.

우리의 계획은 타샤가 그림에 몰두하고 나머지 일은 하지 않도록 하겠다는 것이었다. 단 하나, 그녀가 다른 사람에게 절대 맡길 수 없다고 한 일은 염소들에게 먹이를 주고 젖을 짜는 일이었다. 그 외에 나머지 일은 모두 다른 사람에게 맡겨졌다.

『코기빌 납치 대소동』의 표지, 1997년 작품.

"7월이었다. 칼렙은 '공통적인 체취와 범죄의 관계'에 관한 논문을 쓰고 있었다."
『코기빌 납치 대소동』, 1997년 작품.

하지만 말처럼 쉬운 일이 아니었다. 가끔 타샤의 정원에 와서 힘든 일을 해주곤 하던 청년이 정원을 돌보게 되었다. 타샤는 정원 일을 사랑했고 식물들과 정신적으로 강한 유대감을 느꼈기에 정원을 남에게 맡기는 것은 그녀로서는 대단한 결심이 필요했다. 그녀는 집 안에 있다가도 어느 꽃이 목말라하는지 아는 사람이었으니까. 타샤는 아쉬움을 달래기 위해 아침마다 젊은 정원사에게 간단히 지시를 내리곤 했다.

나는 식사를 준비할 요리사를 고용했다. 또 하나의 큰 양보였다. 타샤는 자기 손이 아닌 남이 만든 음식을 좋아하지 않았다. 특히 그녀의 조리 비법을 따라 하려는 사람은 용서하지 않았다. 여행할 때면 그녀는 미리 음식을 준비해서 가지고 다녔다. 내가 룸서비스로 음식을 시켜서 맛있게 먹는다는 사실에 그녀는 경악했다. 고용된 요리사는 큰 어려움을 겪을 터였다. 다행히도 요리사는 『타샤의 식탁』에 실린 요리와 조리법은 비슷하지만 완전히 같지는 않은 음식들을 만들었고 가끔은 칭찬을 받기도 했다. 게다가 타샤는 그림에 몰두하느라 어떤 음식을 먹었는지도 잊기 일쑤였다.

당시 여러 손님이 찾아오기로 되어 있었고 윌리엄스버그의 큐레이터들도 전시회에 걸 작품들을 가지러 오기로 했다. 내가 타샤의 집을 떠나면 그녀가 작업하는 데 방해를 받을 것이 뻔했다. 나는 가까이 머물면서 그녀에게 필요한 것들을 챙겨주고 아무도 얼씬대지 못하게 했다. 이런저런 심부름을 할 사람을 한 명 고용했고, 나를 포함해서 스태프는 네 명이 되었다.

가녀린 여인 한 명이 혼자서 거뜬히 해내는 일을 소화하기 위해 우리 네 명은 쉬지 않고 움직여야 했다. 매일 밤, 다음 날 처리할 일들을 계획하고 타샤가 중요하게 여기는 것들을 꼼꼼히 챙기면서 그녀가 누리는 생활의 작은 부분까지도 잘 알게 되었다. 채소는 요리하기 직전에 따야 했고, 허브는 요리에 집어넣기 바로 몇 분 전에 따야 했다. 최대한 싱싱한 재료만을 써야 했기에 매일 장볼 게 정말 많았다. 게다가 식물마다 하나씩 정성껏 돌봐주어야 해서 정원 일도 무척 많았다. 이 모든 일이 타샤에게는 너무도 간단한 일이라니 감탄스러웠다.

나는 타샤의 그림 작업에 필요한 모든 것들을 양손 가득 들고 있곤 했다. 『코기빌 납치 대소동』에 나오는 열기구의 매듭 모양이 아주 골칫거리였다. 내가 자료를 구하러 도서관이나 서점에 갈 때마다 누군가 타샤를 찾아와 방해를 했다. 결국 나는 타샤가 일하는 겨울 부엌 앞에 요리사를 문지기로 세웠다.

타샤가 작업하는 과정을 지켜보는 것만해도 내게는 크나큰 선물이었다. 물론 그녀가 그림을 그리는 모습은 본 적이 있지만 책 한 권의 작업 과정을 처음부터 끝까지 지켜보는 일은 꿈도 못 꾸던 일이었다.

타샤는 화실을 가진 화가들을 보면 신기해하고 약간은 당황스러워했다. 그녀는 어머니의 이젤 아래서 지루해하는 모델들에게 책을 읽어주며 성장했다. 그래서 화가들에게 필요한 것들이 무엇인지 잘 알았다.

하지만 그녀는 다른 화가들에 비해 필요한 게 많지 않았다. 타샤는 유화로 큰 초상화를 그릴 때만 이젤을 사용했다. 그녀의 화실은 긴 테이블의 끄

"'어떻게 그 안에 들어갔니?'라고 칼렙이 물었다."
『코기빌 납치 대소동』, 1997년 작품.

"칼렙이 다음에 간 곳은 메간의 가게였다."
『코기빌 납치 대소동』, 1997년 작품,
『코기빌 마을 축제』와 『코기빌 납치 대소동』에 나오는 여러 간판과 광고물에는
타샤의 친구들에 대한 장난스러운 글들이 적혀 있다.

트머리 1미터 남짓 되는 공간이었다. 진행 중인 작품은 서가에 꽂아두었고, 보통은 낡은 화판에 수채화 용지를 테이프로 붙여서 그림을 그렸다. 가끔은 미완성 초상화나 망친 그림의 뒷장에 그림을 그리기도 했다.

주변에는 언제나 붓, 잉크병, 물감을 찍은 뒤 구겨버린 종이들이 어지럽게 널려 있었다. 팔레트 옆에는 막 따온 싱싱한 꽃이 항상 놓여 있었다. 그 옆에는 어머니가 쓰던 것을 비롯해 골동품 화구 상자들이 층층이 쌓여 있고, 그 위에 편지와 카탈로그가 담긴 바구니들이 높이 놓여 있었다. 작은 생쥐가 오밀조밀 꾸며놓은 집의 모양새와 비슷한 정경이었다. 나뭇잎이나 도토리, 정원에서 마음을 끈 것이면 무엇이든 가져와 여기저기 놓아두었고 때로는 단추들, 재봉틀 부품도 섞여 있었다.

그림을 그릴 때 촉각에 의존하는 습관이 있는 타샤는 그리고 있는 것을 보고 만지기를 좋아했다. 상상력으로만 그리는 경우는 별로 없었고 사진을 보고 그리는 행위를 몹시 싫어했다. '카메라가 보는 것은 사람이 아니라 소재일 뿐'이란 말을 자주했다. 그녀는 꼭 필요한 경우에만 사진을 이용했다. '호랑이 같은 것을 그릴 때는 예외를 둘 수밖에 없지 않겠어요'라며 타샤는 피치 못할 경우에만 마지못해 양보했다.

타샤가 그림의 정확성을 기하기 위해 들인 시간으로 보면 『코기빌 납치 대소동』의 너구리를 그릴 때가 최고였을 것이다. 책에서 너구리들은 악인 역할이었다. 타샤는 몇 년 동안 너구리를 그려본 적이 없어서 스케치조차 시작하지 못했다. 매일 오후 차를 마시면서 우리는 다음 수채화에는 어떤 점들이 표현되어야 할지 이야기를 나누었다. 코기 칼렙이 과자를 먹고 있는 장면을 그리려면 실제 과자가 눈앞에 있어야 했다.

타샤의 믿음직한 페덱스 배달원 레이는 주문한 물건들을 가지고 매일 우리를 찾아왔다. 타샤가 그리고자 하는 것들 중 구하기 어려운 것도 많았다. 그래서 가끔은 알아보는 데 몇 시간씩 쏟아부어야 했다.

타샤가 너구리 그리는 일을 계속 피하던 와중에 뜻밖의 행운을 만났다. 밤에 너구리가 나타나서 이것저것 휘저어놓고 코기들의 성미를 돋우는 일이 벌어진 것이다. 타샤는 어두워진 후에는 코기들을 밖에 내놓지 않았고, 코기들은 갑작스런 손님이 찾아오면 언제나 우리에게 알렸다.

타샤는 친구에게 전화해서 덫을 구했다. 그녀는 그림을 그리는 창문 밖에 직접 덫을 설치했다. 다음 날 아침 그녀가 모델을 구했다며 명랑한 목소리로 말했다. 타샤가 옛날에 유아원을 하던 시절부터 매일 사용해온 작은 티테이블 위에서 너구리가 우리에 갇힌 채 사람들을 노려보고 있었다.

덫을 구해준 동네 목동은 타샤의 '성공했다'는 전화를 받고 걱정을 내비쳤다. 그는 가을에 너구리들 사이에 공수병(광견병 바이러스가 매개하는 감염증―옮긴이)이 급격히 퍼져서 위험하니 당장 너구리를 가지러 오겠다고 했다. 타샤는 거부했다. "죄를 저질렀으니 내 모델이 되는 대가를 치러야죠"라고 고집을 부렸다.

이 일이 있은 후 이틀은 악몽의 시간이었다. 고양이와 코기 레베카와 오윈은 두려움에 떨었다. 고양이 미누는 사라져버렸다. 코기들을 밖으로 내보

내자 엄청나게 큰 소리로 짖기 시작했다. 모델이 된 너구리는 갇힌 데 대한 분노와 졸음 사이에서 갈팡질팡했다. 나는 타샤가 드디어 모델을 구했다는 사실이 기쁘면서도 혹여 타샤가 너구리에게 공격을 받으면 어쩌나 하는 걱정도 되었다. 타샤는 너구리가 일을 구해 고마워하는 직업 모델이라도 되는 듯 차분하게 대했다. 그녀는 압박감 속에서 서두르지 않고 그림을 그렸다. 너구리를 자세히 관찰하고 말을 걸고, 여러 번 스케치 했다. 타샤가 사악한 납치범의 모습을 그릴 때 너구리가 때마침 분노를 표출했다. 그리고 그날 밤 너구리는 응접실에 격리되었다. 나는 그제서야 마음을 놓고 기절한 듯 잠에 빠졌다.

다음날 아침 근심스러운 얼굴로 목동이 도착했다. 그는 "더는 못 참는다"고 말했다. 너구리를 데리러 온 것이었다. 너무 위험했다. 타샤는 수줍은 태도를 보였다. 그녀는 물론이라고, 다만 시간을 조금만 더 달라고 말했다. 그러더니 갑자기 염소들의 건강이 염려스럽다며 그가 염소들을 봐주면 마음이 놓이겠다고 했다. 목동은 돌아가는 이치를 잘 알았기에 못 이기는 척 그녀의 부탁을 들어주었다. 타샤는 얼른 작업대로 달려갔다.

"저 사람에게 쿠키를 먹여요. 아직 그림이 완성 안 됐으니까."

목동이 돌아왔을 때 나는 문 밖에 초조하게 서 있었다. 우리는 맥없이 서로를 쳐다보았다. 여자의 결심 앞에서 두 남자는 맥도 못 춘다는 것을 잘 알았으니까. 내가 쿠키 접시를 내밀었고 우리는 말없이 쿠키를 먹었다. 곧 타샤가 겨울 부엌에서 명랑하게 나오더니 너구리를 밖까지 호위해주면 고맙

"납치범 너구리는 분노에 차서 소리를 지르며 열기구 아래로 떨어졌다.
그는 단단히 벼르고 있던 패거리 위로 떨어졌다."
『코기빌 납치 대소동』, 1997년 작품.

겠노라고 말했다. 그녀는 곧잘 하는 동네 사람의 이야기를 했다. 그는 너구리 40마리를 잡아서 옆 마을에 데려갔다고 뽐냈는데, 나중에 그가 데려간 너구리가 다시 나타났다나. 타샤는 "너구리가 야간 드라이브 한번 잘한 거죠"라면서 웃음을 터뜨렸다. 곧 저 세상으로 떠날 너구리를 실은 트럭이 떠나자 나는 그렇게 마음이 놓일 수 없었다.

책 작업은 매일 밤 타샤의 그림 견본에 기록되었다. 그림을 연필로 그려 색칠하는 방식은 간단하고 고전적인 방법이다. 타샤는 먼저 트레이싱 페이퍼에 밑그림을 그리고 만족할 때까지 수정을 거듭하며 다시 그렸다. 그녀는 연필을 45도 각도로 쥐고 그림의 뒷면을 짙게 칠해서 수제 탄산지(얇은 종이에 기름, 납, 안료 따위의 혼합물을 칠한 종이. 복사지로 쓴다—옮긴이)를 만들었다. 그러면 이미지를 그대로 수채화 용지에 베껴서 본을 뜰 수 있었다. 이 과정 덕에 종이에 수정을 가하지 않아 물감칠을 할 표면이 상하지 않았다. 종이 표면이 상하면 물감이 균일하게 칠해지지 않는다. 독창적인 방식으로 타샤는 작업 기록을 보존할 수 있었으며, 때때로 이미지를 재사용할 수도 있었다.

종종 비슷한 그림이 등장한 것도 이 때문이다. 1940년대의 크리스마스 카드에 그려진 어린아이는 약간 변형된 모습으로 1990년대에 다시 태어났다. 책을 제작할 때마다 타샤는 글이 포함된 그림 견본을 만들었고, 연필 복사본을 제자리에 배치한 후 수채화를 완성했다. 과거에는 이 견본을 출판사에 넘겨서 삽화를 배치하는 가이드로 삼게 했다. 나는 컬러 레이저 프린트로 채색된 그림을 복사해서 글을 넣고 편집자용 그림 견본을 제작했다. 책이 어떤 모습을 갖추게 될지 알 수 있었고 타샤는 대단히 기뻐했다.

작은 실수들이 있었지만 작업은 잘 진행되었다. 타샤는 농담 삼아 필요하면 그림을 얼마든지 빨리 그릴 수도 있다는 말을 편집자들에게 전하라고 했다. 이제 앞으로는 새 책이 나올 가능성이 적으니 비밀을 밝혀도 괜찮으리라. 사실 타샤는 그림을 그리지 않는 동안에도 머릿속으로 계속해서 스케치를 하고 있었다.

창작은 머리로 하는 것과 몸으로 하는 것, 이 두 가지의 통합이다. 머리로 하는 과정은 시간으로 셈하기 힘들다. 나는 타샤의 열정에 감탄했다. 작업의 막바지에 접어들면서 그녀는 멈출 수 없는 것 같았다. 예상보다 훨씬 많은 그림을 그려냈고 때로는 같은 삽화를 다양한 방식으로 대여섯 장이나 그리기도 했다. 마지막 주에는 하루에 세 가지 삽화를 그린 날도 두 번이나 있었다. 출판사에 그림을 넘기러 보스턴으로 출발하는 날 아침에도 타샤는 여전히 그림을 그리고 있었다. 마지막 컬러 복사를 할 때는 복사할 수 있을 징도로 그림이 말랐을지 걱정스러웠다. 다행히 그림은 완전하 마른 상태였다.

마감이 늦어지기는 했지만 책은 제 날짜에 출간되었다. 멋진 작품이었지만 전작인 『코기빌 마을 축제』에 미치지는 못했다. 그동안 화풍이 변해서 처음 그렸던 코기빌의 단순하고 신선한 매력이 퇴색되었다. 또한 타샤의 시력은 26년 전처럼 좋지 않았다. 그녀는 이를 인정하지 않았고 처방전대로 제작한 안경을 쓰기를 거부했다. 이것이 더 큰 문제를 만들었다.

그녀는 골동품 안경을 쓰겠다고 고집했다. 골동품 안경은 근사해 보이기는 해도 시력 교정에는 전혀 도움이 되지 않았다. 『코기빌 납치 대소동』 삽화들의 다소 어두컴컴한 색감은 여러모로 아쉬움을 남겼다. 하지만 『코기빌 마을 축제』와 짝을 이루어 인상적인 업적이 되었다.

케이트 그리너웨이(영국의 삽화가. 『하멜른의 피리 부는 사나이』 등의 작품이 유명하다―옮긴이)와 베아트릭스 포터의 화풍에서 영향을 받아 삽화가로서의 입지를 단단히 했지만, 코기빌 시리즈는 타샤만의 뛰어난 창의력을 보여준다. 코기빌에서는 모든 주민들이 스스럼없이 어울렸고, 서로를 배려했다. 타샤는 동물들이 인간보다 우수한 미덕을 보여주는 세상을 소개했다. 타샤는 오스카 와일드의 "나는 신이 인간을 창조할 때 자신의 능력을 과대평가했다고 생각한다"라는 말을 즐겨 인용하곤 했다.

코기빌은 더 나은 세상을 창조하려는 그녀의 시도였을지 모른다. 코기빌 주민들은 자유 의지를 지녔으면서도(마음먹으면 간사하고 악해질 수도 있다) 저자인 타샤처럼 아이같이 순수하다.

〈진저스냅〉
타샤의 코기들은 모두 모델이 되었다.
그중에서도 진저스냅은 유난히 귀여움을 독차지했다.

〈타샤의 크리스마스 양말〉, 1955년 작품.
생쥐들이 크리스마스 축하 파티를 하고 있는 마루 밑의 세계는
타샤의 강림절 달력들과 똑같은 기법으로 묘사되었다.

기쁨을 누리길!

1996년 11월 6일, 버지니아주 윌리엄스버그의 '애비 앨드리치 록펠러 포크 아트 센터'에서 타샤의 삽화가로서의 인생에 한 획을 긋는 전시회가 열렸다. 개막식 전날의 호응은 5개월 동안 진행된 전시회에 쏟아질 찬사의 시작에 불과했다. 타샤의 팬임을 자처하며 그녀의 그림 인생에 대해 이미 알고 있는 사람도 많았지만 전시 작품의 방대함에 하나같이 놀랐다. 멋진 갤러리에서 전문가들이 배치하고 평을 붙인 작품들을 본 관람객들은, 한 작가가 이렇게 다양하고 깊이 있는 그림들을 그렸다는 데 무척이나 감탄했다.

이상한 일이지만 이 전시회는 타샤에게도 똑같은 감동을 주었다. 그녀는 전시회 관람을 주저했고, 마지못해 조용히 가보기로 결정했다. 일 년 반이라는 긴 준비 기간을 거쳤기에 큐레이터들이 타샤에게 인정받고 싶은 것도 당연했다. 개막일 전 일주일 동안 작품이 진열될 때 둘러보긴 했지만 완성된 전람회장 풍경에 타샤는 압도되었고 마침내 필생의 업적을 되돌아보게 되었다. 타샤는 전람회장에 들어갔다. 큐레이터들이 상기된 얼굴로 전시회장 밖에서 기다리고 있었다.

워낙 철저히 준비했기에 타샤의 반응이 걱정되지는 않았다. 다만 그들은 타샤가 마지막으로 고개를 끄덕여주기를 기대했다. 안에 들어선 타샤는 전시의 규모에 깜짝 놀랐으니 묘한 광경이었다. 대부분 코기 코티지에서 매일 일상적으로 쓰던 물건들이었지만 유리 진열장 안에 있으니 낯익으면서도 어딘가 위압적으로 느껴졌다.

이 전시회의 장점 중 하나는 그녀의 예술과 라이프스타일이 둘이 아니고 하나라는 점이 잘 나타난 것이다. 어마어마한 작품들이 진열되면서 그림 속에서 묘사된 실제 사물들에도 눈이 쏠렸다. 의상, 가구, 인형, 장난감, 바구니, 그릇, 뜨개질로 만든 소품들, 크리스마스 장식품, 찻잔 세트, 부엌 가재도구 등에 대한 관람객들의 관심은 놀라울 정도였다.

타샤가 길게 한숨을 내쉬었고 우리는 전시장 구석구석을 돌기 시작했다. 그녀는 어떤 작품 앞에서는 진지하게 설명을 읽기도 하고, 어떤 작품은 오랜만에 만나는 옛 친구를 대하듯 반가워했다. 타샤는 빠른 속도로 전람회

〈코기 코티지의 겨울〉, 1996년 작품.
가볍고 신비로운 눈의 느낌이 거장다운 솜씨로 잘 표현되어 있다.

장을 돌면서 고개를 끄덕였다. 멋진 전시회를 기뻐하면서도 이 모든 것의 의미에 대해서는 믿을 수 없는 듯했다. 타샤는 아이처럼 맑은 눈으로 나를 바라보았다. 순간 그녀의 얼굴이 갑자기 젊어진 것 같은 착각이 들었다. 빛나는 열정과 기백이 나이와 주름살을 초월한 듯했다. 그녀가 감격에 겨워 더듬더듬 말했다. "정말로 내가 이걸 다 했나 봐요. 해리. 내가 성공을 이루었네요. 그림을 처음 그리기 시작했을 때 이렇게 될 줄은 몰랐어요. 아무도 내가 이렇게 해낼 거라고 생각하지 않았죠."

〈통 속의 고양이〉, 『타샤의 집』, 1995년 작품.

〈만족스러운 순간〉, 1997년 작품.

〈해리의 생일〉, 1991년 작품.

〈식물〉, 『행복한 사람, 타샤 튜더』, 1992년 작품.

꽃송이, 꽃 표본.

꽃다발.

〈비둘기 집〉, 1993년 작품.
타샤의 침실 창에서 보이는 정경이다. 비둘기들은 하얀 깃털이 아름다울 뿐만 아니라
구구대는 소리로 코기 코티지에 밝은 분위기를 선물한다.

〈슈가 쿠키〉, 1996년 작품.
쿠키 반죽을 미는 창가의 식탁 가장자리 공간은
평소 타샤가 그림을 그리는 작업실 역할을 한다.

〈함께 축하해요!〉, 1993년 작품.
원래의 용도는 접시 디자인이었으나 카드로도 출판되었다.

〈크리스마스 전날 밤〉, 1995년 작품.
테두리 그림은 타샤 튜더 특유의 이미지인 장난감, 선물, 명절 음식으로 꾸며져 있다.
직접 만든 앞치마를 입고 니트 숄을 두른 젊은 어머니 타샤가
1975년 판 『크리스마스 전날 밤』을 읽어주는 장면이다.
이 책은 타샤가 삽화를 그린 책이다.

〈사계〉
1996년《빅토리아》잡지에 싣기 위해 그린 넉 장의 그림.
타샤는《빅토리아》잡지가 제공하는 집에 거주한 최초의 화가가 되기도 했다.
세밀한 묘사와 생동감 넘치는 색상이 사계 시리즈를 독특하게 만들어준다.
타샤의 무르익은 화풍을 대표하는 작품 중 하나이다.

〈코기빌의 크리스마스〉, 『행복한 사람, 타샤 튜더』에도 수록되었다.

겨울의 농가.

여러 종의 식물들.

〈로즈힙이 담긴 정물〉, 1994년 작품.
작은아들 탐이 한국에서 보낸 청색 그림이 그려진 백자와 로즈힙이 어우러진 정물화는
소박함과 고전적인 아름다움이 묻어난다.

『타샤의 식탁』, 1993년 작품.
타샤의 딸 베서니가 사기 버터 교유기(재료를
잘 뒤섞기 위해 휘젓는 기구나 기계—옮긴이)를 돌리는 장면이다.

『타샤의 식탁』, 1993년 작품.

『타샤의 식탁』, 1993년 작품.
타샤의 다양한 황동 주방 기구 컬렉션이 매력적인 테두리 그림을 탄생시켰다.
황동 냄비와 팬의 광택이 타샤의 놀라운 솜씨로 아름답게 표현되었다.

『타샤의 식탁』, 1993년 작품.
타샤는 요리책에 실을 수채화를 그리면서
이 유리 단지들 같은 부엌에서 쓰는 익숙한 도구를 그릴 수 있어 유난히 즐거워했다.

『타샤의 식탁』, 1993년 작품.
원래는 크리스마스 카드로 그린 것이다.

우리는 전시회장을 한 번 더 둘러보면서, 평소에 쓰던 물건들이라 필요할 때 아쉽다며 언제 되돌려받게 될지에 대해 이야기했다. 나는 타샤에게 선물로 받은 황동 찻주전자가 가장 아쉬웠다. 매일 쓰던 물건이었다. 전시회장에 걸려 있는 타샤가 그려준 생일 축하 그림을 보자니 그 그림이 걸려 있던 내 침대 위의 텅 빈 벽이 기억나서 허전한 기분이 들었다. 타샤가 어른이 된 내게 어릴 적 내 모습을 담아 생일 선물로 그려준 그림이었다. 그녀는 어릴 적 내 사진을 본 적이 없는데도 놀랄 만치 비슷한 모습으로 그려냈다. 내가 물으니 타샤는 재미있어하며 대답했다.

"육감 같은 거지요. 내 아이들을 갖기 전에도 소년, 소녀를 그렸어요. 신기한 것은 내가 첫 책에서 그린 아이들이 나중에 낳은 내 아이들과 똑같은 모습이었어요. 정말 놀랍지 않나요?"

전시회를 준비하는 오랜 시간 동안 윌리엄스버그의 관계자들과 일을 하면서 타샤는 이들 모두를 좋아하게 되었다. 그들은 집에 있는 것은 뭐든 가져가서 전시해도 좋다는 '백지 수표'를 받았다. 살아 있는 예술가로부터 이만큼 방대한 전시물을 모으기 위해 적극적인 참여를 얻을 수 있었던 것은 매우 보기 드문 일이었다. 또 작품과 그에 관련된 해석의 정확성을 확보할 수도 있었다. 타샤에게 물어보기만 하면 모든 의문이 해결되었기 때문이다.

타샤는 흥분을 감추지 못하고 들뜬 목소리로 말했다.

"대단하네요! 우리 모두 굉장한 일을 해냈군요."

타샤는 전시회에 대한 의심뿐 아니라 자신의 삶에 대한 회의를 떨친 듯

〈양초 불빛 속 로빈〉
타샤의 손님방 중 하나가 양초 불빛을 받으며 아름답게 묘사되어 있다.
타샤는 현실과 판타지를 절묘하게 섞기 위해
그림의 아래 귀퉁이 양쪽에 생쥐 가족의 일상생활 풍경을 그려 넣었다.

〈하피스트〉
이 초상화에는 흰 레이스 드레스, 정원용 중국 도자기 의자(선반 밑 칸),
잘생긴 코기 등 타샤가 아끼는 것들이 담겨 있다.

했다. 이제 승리를 만끽할 시간이었다. 대단한 몇 시간이 흘러갔다. 큐레이터들은 안도하면서 환호성을 질렀다. 타샤가 전시품들을 잘 지켜주어서 고맙다고 인사하자 경비원들은 미소를 지었다. 전시회 관계자들과 작품을 창조한 주인공이 함께 어우러지자 전시회장에는 축제 분위기가 흘렀다.

전시회를 통해 타샤는 아동 문학과 더불어 그것을 넘어선 장르에까지 반향을 일으킨 대가의 면모를 보여주었다. 타샤의 업적이 한 분야에만 국한되지 않기 때문에 그녀에 대해 설명하기가 어려웠다. 그녀는 삽화를 그렸고 글도 썼다. 그녀의 독자들은 어른이 되어서도 여전히 그녀의 책을 찾았다. 어떤 삽화가도 누리지 못한 영예였다. 어릴 때 읽은 베아트릭스 포터의 책을 기억해서 자녀와 손자 손녀에게 사줄 수 있다. 하지만 타샤 튜더의 책은 어른이 된 독자들이 자신을 위한 책으로 구입한다.

삽화가로서 오랜 세월 빛나는 발자취를 남긴 타샤는 어느 편집자의 말처럼 '역사상 가장 존경받고 많은 작품들을 창작한 명예의 전당 회원'이 되었다.

겨울새.

정원용 중국 도자기 의자에 앉아 있는 1998년의 타샤 튜더.

라이프스타일 아이콘

1992년에 발간된 『행복한 사람, 타샤 튜더』는 팬들의 뜨거운 반응을 얻었다. 그들은 오랜 세월 아끼고 사랑해온 그림들을 그린 여인에 대해 더 알고 싶어 했다. 하지만 이 책은 그저 즐겁게 읽는 책에 그치지 않고, 정신없이 돌아가는 세상에서 고요하고 아름다운 곳을 가꾸거나 얻고 싶어하는 사람들에게 라이프스타일의 지침서가 되었다. 그들은 타샤의 자상한 할머니 같은 면모를 좋아하면서, 일상을 더 알고 싶어했다.

타샤는 『행복한 사람, 타샤 튜더』에 쏟아지는 관심에 기분이 좋아졌다.

1993년에는 그녀의 요리와 매일 쓰는 골동품 부엌 살림에 대한 사랑을 보여 주는『타샤의 식탁』이 출간되었다. 이 책에는 그녀만의 독특한 그림들이 담겨 있다. 노란색 오지그릇과 주방 도구를 그린 조그맣고 단순한 정물화부터 부엌 내부나 크리스마스 만찬 장면을 담은 조금 복잡한 그림까지. 그녀가 사랑한 요리들과 추억들 모두를 잘 살렸다. 타샤의 독창적인 조리법은 뛰어나고, 곁들여진 수채화들은 당장 재료를 준비해서 요리를 시작하고 싶게 만든다. 마치 다른 시대, 다른 곳에 있는 듯한 고즈넉한 기분을 느끼게 한다. 팬이 많아지고 때로 열렬한 존경과 찬사를 받는 계기가 되었다.

1994년에는『타샤의 정원』이 출간되었다. 리처드 브라운의 뛰어난 사진들은 코기 코티지의 정원을 기쁨 넘치는 천국처럼 보여주었다. 타샤는 브라운의 작품을 존경했고 "늙은 여인네를 가장 멋지게 찍는 사람이죠!"라고 찬사를 보내기도 했다. 타샤는 리처드가 오랜 시간 코기 코티지에 머물며

〈사과〉,『행복한 사람, 타샤 튜더』, 1992년 작품.

〈타샤의 정원 오솔길〉, 1993년 작품.

가장 완벽한 모습을 카메라에 담기 위해 노력하던 과정과 그 결과물로 나
온 책 둘 다를 즐겼다. 이 책은 대단한 호응을 얻었고 미국 정원 저술가 협회
'올해의 상'을 수상했다.

　1995년에는 『타샤의 집』이 발표되었고, 타샤의 새로운 팬들이 눈덩이처
럼 불어나기 시작했다. 정원이나 요리, 공예품을 통해서 타샤에게 반했다가

그녀의 폭넓고 다양한 작품의 깊이를 발견한 사람들이 대부분이었다.

윌리엄스버그의 전시회가 큰 성공을 거두자 타샤 입장에서는 다소 거북함을 느낄 정도로 인기가 높아졌다. 타샤는 자신의 작품들이 엄청난 인기를 얻게 되자 이중적인 감정을 느꼈다. 그녀는 성공을 원하면서도 작품의 '상품화'를 한탄하곤 했다. 타샤는 책과 엽서, 편지지 같은 물건들이 많이 팔릴수록 더 많은 사람이 그녀에 대해 알고 싶어한다는 사실에 적응하지 못했다.

ABC-TV 방송국에서 연락이 오자 타샤는 '프라임 타임 라이브'란 프로그램의 한 편을 찍겠다고 동의했다. 타샤는 촬영팀이 한 달에 하루나 이틀 정도 코기 코티지에 머물면서 변화하는 계절을 배경으로 정원과 그녀의 일상을 촬영하도록 허락했다. 그들은 열한 차례 방문했고, 타샤는 매력적이고

'찻주전자', 『타샤의 식탁』, 1993년 작품.
타샤가 좋아해서 매일 쓰는 도자기 찻주전자를 그린 이 그림은
그녀가 이 책에서 가장 마음에 들어한 작품이었다.

〈뉴햄프셔의 벽난로〉, 1940년대 작품.
소박함과 섬세한 세부 묘사가 돋보이는 사실적인 그림이다.
타샤가 수도 없이 그려서 수백만 독자에게 사랑을 받은 벽난로 그림의 시초인 이 그림에는
백납 그릇, 황동 찻주전자, 골풀 양초, 타샤의 고조부가 쓰던 머스킷 총이 등장한다.
벽난로의 오른쪽에는 칠면조를 구울 때 사용하는 양철 오븐도 보인다.

솔직 담백한 모습을 보였다.

1997년 12월에 프로그램이 방송되었는데, 기대하던 것과는 달리 방송 내용이 죽음과 오랜 예술 인생의 마지막에 맞추어져 있었다. 멋진 장면들과 타샤의 재치 넘치는 말들은 편집되었다. 그럼에도 영상들은 아름답게 구성

되었고 찬사를 받았다. 하지만 결국 이 일은 타샤를 다시 한번 세상과 멀어지게 하는 계기가 되었다.

진행자 다이앤 소여는 우리의 허락하에 이 소박한 여인이 웹사이트를 가지고 있다고 말하고 주소를 밝혔다. 한 시간도 되지 않아 사이트의 인터넷 서비스 제공자는 일시적으로 서버를 폐쇄했다. 접속량을 감당할 수 없었기 때문이다. 몇 시간 내에 이메일 5000통이 수신되었다. 사연이 한 면을 빼곡히 채운 메일이 수백 통이었다. 타샤는 대중에게 깊은 인상을 남겼다. 타샤나 그녀의 작품을 몰랐던 사람들도 타샤에 대해 이야기했다. 그들은 인생사를 털어놓으면서 조언을 구했다. 300명 이상이 타샤의 정원 일을 돕고 싶다고 나섰다. 그녀를 보고 세상을 떠난 자신의 할머니를 추억하게 되었다는 편지들은 900통이 넘었다. 그리고 두 명에게 청혼이 들어왔다.

이것은 대재앙이었다. 발신자 중 여럿은 타샤가 온라인에 있다고 생각하고 채팅을 원했다. 많은 사람이 그녀에게 편지를 보냈고, 타샤는 원할 때만 편지를 읽고 개인적으로 답장을 보냈다. 몇 통 안 되는 편지도 그녀의 조용하고 평온한 시간을 방해할까 염려스러웠다.

나는 타샤가 많은 사람의 마음을 얼마나 깊이 감동시켰는지 알기를 바랐다. 그래서 어리석게도 1만 1000통이 넘는 이메일을 인쇄해서 코기 코티지로 가져갔다. 타샤는 잠깐 살펴본 후 다시 내 차에 갖다 놓으라고 했다.

타샤의 정원을 구경하겠다, 강연을 해달라, TV에 출연해달라는 요청이 쏟아지기 시작했다. 타샤는 몇 가지 요청에 응했지만 그녀가 천천히 애써 만

〈타샤의 난롯가, 『타샤의 식탁』, 1993년 작품.

들어온 세계보다 훨씬 빨리 돌아가는 세상의 요구에 익숙해지지 않았다. 새로운 성공을 이룰 때마다 그녀는 점점 지쳐갔다. 미국에서 가장 인기 있는 토크쇼 출연도 거부했다.

〈어린이들의 정원〉, 1995년 작품.

〈파란색과 흰색이 칠해진 그릇에 담긴 흰 꽃〉

〈꿈 같은 사슴 타기〉, 1997년 작품.
갓 쌓인 눈을 내리비추는 환한 달빛이 극적으로 표현된 그림이다.
충만한 상상력을 동원하여 자녀들을 묘사했다.
크리스마스와 어린 시절을 동시에 상징하는 사슴을 타고 숲길을 따라 달리는 장면이다.

〈코기 코티지의 크리스마스 만찬〉, 『타샤의 식탁』, 1993년 작품.

타샤는 자신의 인생과 작품들이 지나치게 상품화되었고 세상과 쉽게 타협해버렸다고 느꼈다. 그녀는 생각한 것보다 훨씬 더 큰 성공을 거두었다. 더 이상 예술적으로 도전할 부분이 남아 있지 않은 것처럼 보였다. 『코기빌 납치 대소동』을 제작하면서 어려움을 겪은 후 그림을 그리기 꺼리는 것 같았다. 지금까지는 계속 발전해야 된다는 도전 의식 때문에 방대한 작품을 창작할 수 있었다. 어느 날 타샤는 혼란스럽다는 듯 "나는 모든 것을 다 해냈어요"라고 체념이 섞인 목소리로 말했다.

타샤는 삽화가로서 마지막 여정을 앞에 두고 있었다. 『크리스마스 전날 밤』의 세 번째 판을 내는 일이었다. 계속 작업을 거부하다가 앞의 두 판과 다르게 그릴 방법을 생각한 후에야 작업하겠다고 했다. 그녀는 명성이나 전통을 훼손하지 않겠다고 결심했다. 그리고 이 책은 물론 감탄이 나올 만큼 성공했다.

평범하지 않았던 개인적 삶과 삽화가로서의 인생이 겨울에 접어들자 타샤는 사적인 세계만큼은 그대로 유지되기를 바랐다. 그래서인지 『크리스마스 전날 밤』의 세계는 고독과 마법으로 가득 차 있다. 그녀 자신이 온전하게 휩싸이고 싶었던 세계가 바로 그랬다. 타샤는 다시 한번 눈이 쌓여 고립된 코기 코티지를 그렸다. 집 안은 따스하고 평생 함께해서 친숙한 것들로 넘쳐났다. 산타클로스는 요정이 되어 다른 세계에 사는 것으로 그려졌다. 이 책의 어두운 색채는 친근하면서도 유혹적이다. 타샤가 꿈꾸는 마법의 세계에 독특함이 더해져 특별한 책을 만들어냈다.

타샤는 그녀가 보는 그대로의 세상을 그렸다. 그 관점은 독창적이어서 감탄이 절로 나올 정도로 만족스럽다. 그녀는 우리가 사는 시대를 보지 않았고, 이 시대와는 다른 철학을 가졌다. 그녀는 이해할 수도, 존중할 수도 없는 현대 세계의 압박감을 견디기 힘들어했다. 그녀는 늘 전생에 1830년대에 살았으며, 이 생에 올 때 전생의 기억과 솜씨를 고스란히 갖고 왔다고 굳게 믿었다.

타샤는 어릴 때부터 오랜 세월에 걸쳐 1830년대식 삶을 살기 위해 노력했다. 그 시대의 삶을 토대로 자신만의 방식으로 살았다. 혹은 상상 속의 더 나은 시대의 삶을 재현했다. 현실에 기초한 삶의 방식이었지만, 그 안에서 살기 위해서는 독창적인 형태로 엮어야 했다. 타샤는 모든 장애를 극복할 만큼 강인했고 그 과정에서 부러울 만큼 성공했으며, 자신이 그토록 숭배하는 다른 세계를 창조할 만큼 상상력이 풍부한 사람이었다. 하지만 그것을 대중과 나누려면 그녀는 그 세계를 포기해야 했다.

타샤는 확고한 선택을 했다. 오래전부터 그림은 그녀의 삶을 모방하고, 반영하는 것이었다. 또 삶을 풍요롭게 만들었고 그녀가 삶을 진중하게 살펴보고 가다듬을 기회를 마련해주었다.

결국 삶은 그림보다 중요하다. 삶이란 살아내고 맛봐야 하는 것이다. 타샤의 성공한 삶에서 이룬 가장 특별한 업적은 자신이 살아있는 예술 그 자체가 되었다는 점이다.

『크리스마스 전날 밤』, 1999년 작품.
타샤는 눈 덮인 코기 코티지 그리는 것을 기뻐했다. 이때가 일 년 중 그녀가
가장 좋아하는 시기였기 때문이다. 겨울이면 정원 일 같은 바깥 일이 적어져서
시간이 멈춘 듯한 나날을 누렸고, 정원이 외진 덕에 누리는 자신만의 세계를 귀하게 여겼다.

『크리스마스 전날 밤』, 1999년 작품.
쌓인 눈과 길다란 고드름은 화가의 상상이 아니다.
코기 코티지는 1미터 가까이 눈이 쌓여 몇 달간 녹지 않기도 했다.
고드름은 1미터 넘게 자라기 일쑤였고 지붕에 아슬아슬하게 매달려 있곤 했다.

『크리스마스 전날 밤』, 1999년 작품.
이 고전 시의 세 번째 판에서는 산타클로스가
마치 요정과 같은 정령의 모습으로 그려졌다.
그의 도착을 알리는 빛의 불꽃이 온몸을 감싸고 있다.

타샤 튜더 연표

1915년　보스턴에서 조선 기사 아버지와 화가 어머니 사이에 출생.
　　　　타샤의 집은 마크 트웨인, 소로, 아인슈타인, 에머슨 등 걸출한 인물들이
　　　　출입하는 명문가였음.

9세　　부모의 이혼. 아버지 친구 집에서 살기 시작함. 그 집의 자유로운 가풍으로부터
　　　　커다란 영향을 받음.

15세　　학교를 그만두고 혼자서 살기 시작함.

23세　　첫 그림책 『Pumpkin Moonshine』 출간. 결혼.

30세　　뉴햄프셔의 시골로 이사. 2남 2녀를 키움.

42세　　『1 is One』으로 한 해 동안 출판된 가장 훌륭한 어린이 그림책에 수여하는
　　　　'칼데콧 상' 수상.

56세　　『Corgiville Fair』 출간. 이 책이 많은 독자들의 사랑을 받아 동화작가로
　　　　유명세를 타게 됨.
　　　　더욱 시골인 버몬트주의 산골에 18세기 풍 농가를 짓고 생활하기 시작함.
　　　　우수한 어린이 책을 제작, 보급하는 데 공헌한 사람에게 주는
　　　　리자이너 메달 수여받음.

83세　　타샤 튜더의 모든 것이 사전 형식으로 정리된 560쪽에 달하는
　　　　『Tasha Tudor: The Direction of Her Dreams』(타샤의 완전문헌목록)가
　　　　헤이어 부부에 의해 출간됨.

87세　　코기빌 시리즈 세 번째 책인 『Corgiville Christmas』 출간.

90세　　일본 NHK 스페셜 〈기쁨은 만들어가는 것: 타샤 정원의 사계〉 방영.

91세　　미국 노먼 록웰 뮤지엄 등에서 전시회 〈타샤 튜더의 영혼〉 개최.

2008년　자신이 일군 아름다운 정원의 버몬트주 저택에서 가족들이 지켜보는 가운데
　　　　92세 나이로 영원한 잠에 듦.

타샤 튜더 대표 작품

1938년 Pumpkin Moonshine(『호박 달빛』, 엄혜숙 옮김)

1939년 Alexander the Gander

1940년 The Country Fair

1941년 Snow Before Christmas

1947년 A Child's Garden of Verses(로버트 루이스 스티븐슨 지음, 타샤 튜더 그림)

1947년 The Doll's House(루머 고든 지음, 타샤 튜더 그림)

1950년 The Dolls' Christmas

1952년 First Prayers

1953년 Edgar Allen Crow

1954년 A is for Annabelle(『타샤의 ABC』, 공경희 옮김)

1956년 1 is One(『1은 하나』, 공경희 옮김)

1957년 Around the Year(『타샤의 열두 달』, 공경희 옮김)

1960년 Becky's Birthday

1961년 Becky's Christmas

1966년 Take Joy! The Tasha Tudor Christmas Book

1971년 Corgiville Fair(『코기빌 마을 축제』, 공경희 옮김)

1975년 The Night Before Christmas(클레멘트 무어 지음, 타샤 튜더 그림)

1976년 The Christmas Cat(딸 에프너 튜더 지음, 타샤 튜더 그림)

1977년 A Time to Keep(『타샤의 특별한 날』, 공경희 옮김)

1987년 The Secret Garden(프랜시스 호즈슨 버넷 지음, 타샤 튜더 그림)

1988년 Tasha Tudor's Advent Calendar

1990년 A Brighter Garden(에밀리 디킨슨 지음, 타샤 튜더 그림)

1997년 The Great Corgiville Kidnapping(『코기빌 납치 대소동』, 공경희 옮김)

2000년 All for Love

2003년 Corgiville Christmas(『코기빌의 크리스마스』, 공경희 옮김)

타샤의 그림

펴낸날 초판 1쇄 2007년 12월 20일
       개정판 1쇄 2025년 2월 14일
지은이 해리 데이비스
옮긴이 공경희
펴낸이 이주애, 홍영완
편집장 최혜리
편집1팀 김하영, 김혜원, 최서영
편집 박효주, 강민우, 한수정, 홍은비, 안형욱, 송현근, 이소연, 이은일
디자인 김주연, 기조숙, 윤소정, 박정원, 박소현
홍보마케팅 김민준, 김태윤, 김준영, 백지혜
콘텐츠 양혜영, 이태은, 조유진
해외기획 정미현, 정수림
경영지원 박소현
펴낸곳 (주)윌북 출판등록 제 2006-000017호
주소 10881 경기도 파주시 광인사길 217
전화 031-955-3777 팩스 031-955-3778
홈페이지 willbookspub.com
블로그 blog.naver.com/willbooks 포스트 post.naver.com/willbooks
트위터 @onwillbooks 인스타그램 @willbooks_pub

ISBN 979-11-5581-776-6 (03840)